Der versunkene Schatz

W0375622

ECON Krimi

Im ECON Taschenbuch Verlag sind von Elizabeth Peters außerdem erschienen:

Unterhaltung
Kreuzfahrt ins Ungewisse (TB 27226-8)

Krimi
Ein todsicherer Bestseller (TB 25136-8)
Was du heute kannst ermorden … (TB 25060), Anthologie

Historischer Krimi
Im Schatten des Todes (TB 25145-7)
Die Schlange, das Krokodil und der Tod (TB 25099-X)
Verloren in der Wüstenstadt (TB 25098-1)
Der Fluch des Pharaonengrabes (TB 25096-5)
Der Mumienschrein (TB 25157-0)

Kunstexpertin Vicky Bliss hat eine große Schwäche für historische Schätze. Doch die bereitet ihr nicht nur Freude: Immer wieder wird sie in abenteuerliche Verbrechen verwickelt, die sie stets mit meisterhaftem Scharfsinn löst.

Als sie ein Foto in einem blutbefleckten Umschlag erhält, steckt sie schon wieder mitten in einem turbulenten Fall. Die abgebildete Frau trägt offensichtlich echten Schmuck, der aus dem seit Jahrzehnten verschollenen Schatz von Troja stammt. Doch das Foto ist nicht alt, und es ist nicht das Porträt von E. Schliemann, deren Mann den berühmten Schatz entdeckt haben soll … Vicky, ihr Kollege Schmidt und ein skrupelloser Killer machen sich an die Lösung des geheimnisvollen Rätsels.

Elizabeth Peters ist eine Meisterin auf dem Gebiet der historischen Kriminalromane. Sie hat bereits verschiedene Preise erhalten, darunter den renommierten American Mystery Award. In Frederick, Maryland, lebt Elizabeth Peters mit sechs Katzen und zwei Hunden.

Elizabeth Peters

Der versunkene Schatz

Roman

ECON Taschenbuch Verlag

Veröffentlicht im ECON Taschenbuch Verlag, 1997
ECON Verlag GmbH, Düsseldorf und München
Der ECON Taschenbuch Verlag ist ein
Unternehmen der ECON & List Verlagsgesellschaft

Lizenzausgabe
2. Auflage 1997

© 1989 für die deutsche Ausgabe by
Wilhelm Heyne Verlag GmbH & CO. KG
Titel des amerikanischen Originals: Trojan Gold
© 1987 by Elizabeth Peters
Aus dem Amerikanischen übersetzt von Egon Eis
Umschlaggestaltung: Klaus Blumenberg, Bergisch Gladbach
Titelabbildung: Bavaria Bildagentur, Düsseldorf
Druck und Bindearbeiten: Ebner Ulm
Printed in Germany
ISBN 3-612-25220-8

1

Feuer.

Feuer auf den Dächern. Feuer über den Dächern. Feuer fällt vom Himmel.

Die Nacht wird strahlend hell. Gleißendes Weiß blendet die sterbende Stadt. Häuser stürzen ein. Menschen – tot und verwundet – liegen auf den Straßen, säumen die Fahrbahnen, bedecken das Pflaster.

Als er sich seinen Weg durch das Inferno bahnt, entgeht er nicht einmal, sondern ein dutzendmal dem Tod um einen Zollbreit.

Die Russen hatten bereits die Vorstädte erreicht. Doch obwohl auch vom Westen eine feindliche Armee anrückte, drängte die Menge der Flüchtenden ausschließlich in diese Richtung.

Seit jeher waren die Barbaren stets aus dem Osten gekommen, Hunnen, Awaren, Türken.

Die Menschen liefen um ihr Leben. Er nicht.

Sein eigenes Leben galt ihm nicht soviel wie das, was er in Sicherheit bringen wollte.

Die Stadt war verloren, und was in ihr verblieb, würde den letzten Zuckungen des Krieges weiter zum Opfer fallen. Alte Männer, Frauen, Kinder. Die Zerstörung machte auch vor Kunstwerken nicht halt. Unter den Trümmern würden unschätzbare Statuen bersten, Bilder von alten Meistern in Flammen aufgehen. Doch einen Schatz würde er retten.

Wie er das anstellen könnte, wußte er nicht. Doch er zweifelte nicht an seinem Erfolg. In dieser Stadt war er zu Hause, und wenn sich auch zwischen Häuserruinen und brennenden Straßen alle Orientierungspunkte verloren, war er sicher, den richtigen Weg finden zu können. Er würde rechtzeitig den äußeren Ring erreichen, heil durchkommen zwischen der Masse der Besiegten und der Horde der Eroberer.

War das, was er sich vorgenommen hatte, die fixe Idee eines Wahnsinnigen? Doch vielleicht konnte nur ein Verrückter das Wagnis auf sich nehmen.

2

... so würde ich die Niederschrift beginnen, ich würde einen Thriller schreiben und nicht eine einfache Folge von Ereignissen aufzeichnen. Wie ihm sein Unterfangen gelang, werden wir nie erfahren. Daher muß ich darauf verzichten, den Anfang der Geschichte chronologisch zu beginnen und von dem Mann zu berichten, der der brennenden Metropole zu entkommen versuchte, und wie er es anstellte.

Sicher ist nur, daß es ihm gelang.

Soweit sie mich betrifft, beginnt die Geschichte viele Jahre später und ziemlich banal: Mit einem Streit mit der Sekretärin meines Chefs.

Meistens gehe ich ziemlich gutgelaunt an meine Arbeit. Doch an diesem Montag morgen war es anders. Ich hatte – gegen meine Gewohnheit – in der Nacht zuvor zu viel getrunken. Mein Schädel brummte, ich kam später als üblich an meinen Arbeitsplatz. Normalerweise wäre ich schweigend darüber hinweggegangen, als ich sah, was Gerda angerichtet hatte. Doch nicht an diesem Montag. Ich reagierte gereizt.

Gerda ist, wie ich schon erwähnte, die Sekretärin meines Chefs. Dieser gewichtige Mann ist Dr. Joachim Z. Schmidt, Direktor der Gräfenstein-Sammlung. Die ›Gräfe‹, wie wir sie kurz zu nennen pflegen, ist nicht besonders groß, aber exquisit. Es gibt in München eine Menge größerer Galerien, aber kaum eine mit so erlesenen Ausstellungsstücken in relativ kleinem Rahmen. Sie befindet sich in einem Palais des 18. Jahrhunderts, das der spätere Besitzer, ein bayerischer Aristokrat, der Stadt vermacht hat. Wir verfügen über eine seltene Sammlung antiken Spielzeugs, über einen großen Saal mit mittelalterlichen Kunstwerken und einen kleineren mit Gemmen. Ein Baron von Gräfenstein hat zudem einer seltsamen Laune nachgegeben und Damenunterwäsche gesammelt, aber diese Kollektion ist der Öffentlichkeit nicht zugänglich und nur für Studenten der Kostümkunde einzusehen.

Unser Personalbestand ist ziemlich bescheiden. Obwohl Gerda offiziell nur dem Direktor unterstellt ist, muß sie praktisch die gesamte Schreibarbeit erledigen. Das macht ihr nichts aus, sie ist unheimlich arbeitsam. Aber auch – wie viele tüchtige Frauen – eine Wichtigtuerin. Sie ist neugierig und kümmert sich um Angelegenheiten, die sie nichts angehen. In Bayern nennt man das ›gschaftlhuberisch‹.

Ich muß zugeben, daß mein Schreibtisch selten aufgeräumt ist und nie ordentlich aussieht. Doch meine Schlamperei hat eine gewisse Methode, und es gelingt mir immer, das, was ich suche, sofort zu finden. Das kann Gerda, auf deren Schreibtischplatte die gespitzten Bleistifte wie zur Parade ausgerichtet sind, nicht verstehen. Kein Wunder, daß sie mein Zuspätkommen ausgenützt hatte, um richtig Ordnung zu schaffen, obschon ich ihr das wiederholt verboten hatte. Meine Notizen waren zu einem sauberen Haufen gestapelt, mein altes Löschpapier, auf das ich unzählige Telefonnummern gekritzelt hatte, von einem neuen ersetzt, das in makellosem Weiß erstrahlte und keinerlei Informationen enthielt. Meine Post war sauber geordnet und in der geometrischen Mitte der Schreibtischplatte placiert. Ich hatte gute Laune, Gerda zu erwürgen, doch ich beschloß, zuerst einen Kaffee zu trinken, um nicht zornig die Treppe hinunterzulaufen und mir einen Fuß zu brechen, ehe ich die Finger um ihre Gurgel legen konnte. Also schaltete ich den elektrischen Kocher ein und sah die Post durch.

Nichts Besonderes. Einladungen, Prospekte von akademischen Verlagen, Briefe von Studenten, die in der ›Gräfe‹ fotografieren wollten und um entsprechende Erlaubnis baten. Als letztes unter dem Stapel lag ein größerer brauner Umschlag. Unbeschrieben. Weder der Name des Museums noch mein eigener war zu lesen. Ich entnahm ihm eine Fotografie, die auf ein Stück Pappe aufgeklebt war.

Sie war schwarzweiß und etwas unscharf, was eine Amateur-Aufnahme vermuten ließ. Ich starrte auf das Bild, und eine vage Erinnerung wurde in mir wach. Doch mein alkoholisiertes Gehirn registrierte nicht, wo ich diese Fotografie schon einmal gesehen hatte. Aber ich wußte, daß das der Fall war.

Das Bild stellte eine Frau dar. Eine Frau in reifen Jahren, weder schön noch häßlich. Es hätte eine beliebige alternde Hausfrau sein können, wenn nicht der Schmuck gewesen wäre. Ein eingefaßtes Diadem, mehrere Zoll breit, umrahmte ihre Stirn. Metallene Schnüre und Ketten hingen an ihm herab. Schwere Ohrringe baumelten an den Ohrläppchen. Und das Oberteil des schwarzen Kleides war von mehreren Reihen solider Halsbänder verhangen, die aus Gold oder Silber zu sein schienen.

Das Foto ließ sich unschwer von der Unterlage ablösen. Doch auch die Rückseite bot keine neuen Erkenntnisse. Sie war glatt und unbeschrieben und trug keinen Stempel oder sonstiges Merkmal des Fotografen. Die etwas verhärmten Züge der Frau ließen auf eine alternde Sängerin schließen, denn der übertriebene Behang mit wahrscheinlich falschem Schmuck deutete auf eine exotische Oper wie Lakmé oder Aida.

Warum aber sollte mir jemand das Bild einer abgetakelten Opernsängerin schicken?

Der Kaffee tat schließlich seine Wirkung. Ich fand genügend Kraft, mich von meinem Stuhl zu erheben. Es wartete zwar ziemlich viel Arbeit auf mich, aber es erschien mir vordringlich, Gerda zu erwürgen.

Mein Büro liegt ziemlich hoch, in einem der Türmchen, die unser Palais schmücken. Ich habe es hauptsächlich wegen der schönen Aussicht gewählt; durch das breite Fenster kann man die Zwiebeltürme der Frauenkirche sehen und bei klarem Wetter die hundert Kilometer entfernte Alpenkette. Ein anderer Grund ist die Abgeschiedenheit. Nur wer mich dringend sehen will, entschließt sich, die steile Treppe hochzusteigen. Was mich betrifft, rede ich mir ein, Stiegensteigen sei gut für die Linie.

Das Büro des Direktors befindet sich im zweiten Stock, trotzdem mußte ich bis zur Halle hinuntergehen, denn die einzelnen Treppen sind untereinander nicht verbunden. Und dann nochmals zwei Stockwerke hoch. Ich war ziemlich geladen, als ich das Vorzimmer, Gerdas Herrschaftsbereich, erreichte.

Sie hatte mich erwartet. Sie hämmerte auf ihre Schreibmaschine ein und tat, als hätte sie mich nicht bemerkt, obwohl ich durch das Zimmer stampfte. Als ich ihre Bluse sah, war ich noch mehr verärgert, denn es war eine Kopie der Bluse, die ich vergangene Woche getragen hatte.

Eigentlich sollte es mir schmeicheln, daß Gerda aussehen wollte wie ich, aber das kann nicht klappen, denn wir beide sind zu verschieden. Sie ist klein und zierlich und dunkel und ich blond und einsfünfundsiebzig groß.

Welche Frau bei klaren Sinnen könnte es wünschen, so groß zu sein? Wie kann man mit koketter Schüchternheit zu einem Mann aufschauen, wenn er bestenfalls gleich groß ist, aber meistens kleiner. Mit einer Heugabel in der Hand würde ich aussehen wie eine Bäuerin, mit einem Speer wie eine unterernährte Walküre. Ich würde gerne niedlich sein wie sie, sie eine Bohnenstange wie ich.

Ich schlug mit der Fotografie auf die Kante ihres Schreibtisches. Es klang wie ein Schuß, und Gerda sprang auf.

»Warum hast du meine Post aufgemacht«, brüllte ich. »Wie oft hab' ich dir schon gesagt, du sollst das nicht tun.«

Die deutsche Sprache eignet sich besonders gut dazu, seinem Zorn freien Lauf zu lassen. Gerda, wenn sie sich verteidigte, spricht in ihrem Schulenglisch zu mir.

»Es ist meine Pflicht, als erstes die Post durchzusehen. Ich muß doch feststellen, welche Briefe an den Direktor gehen, welche an die Verwaltung oder an die einzelnen Abteilungen . . .«

So schrien wir eine Weile aufeinander ein, in einem wunderlichen Sprachgemisch. Dabei war das Ganze ziemlich sinnlos. Alle Angestellten kannten Gerdas Gewohnheiten und ihre Beharrlichkeit, und keiner von uns ließ persönliche Post ins Museum kommen. Die Szene wurde durch den Direktor unterbrochen, der aus seinem Büro kam und unserem Gebell seinen Baß hinzufügte.

»Ist das hier ein Tierpark oder ein Kunstinstitut? Kann man sich denn konzentrieren, wenn zwei Furien aufeinander losgehen? Worum geht es überhaupt?«

»Das wissen Sie doch sehr gut, Herr Direktor«, sagte

ich schnell. »Selbst wenn Sie nicht an der Tür gelauscht haben. Unsere Stimmen hätten auch eine Panzertür durchdrungen.«

Dr. Schmidt zwirbelte an seinem Schnurrbart. Er ließ ihn kräftig wachsen, wahrscheinlich um den Mangel an Haar auf seinem Kopf zu kompensieren. Vielleicht war Fu-Manchu sein Vorbild, denn er hatte eine Vorliebe für Sensationsliteratur. Er war nicht viel größer als Gerda, und mit seinem Bäuchlein und seinen rosigen Wangen glich er einem liebenswürdigen Gartenzwerg.

»Also die Post! Wieder einmal die verdammte Post!« Er wandte sich herausfordernd an mich. »Ein Brief von einem Ihrer Verehrer, Miß Bliss?«

Er versuchte einen Blick auf das Foto in meiner Hand zu erhaschen. Ich gab es ihm bereitwillig.

»Ich muß Sie leider enttäuschen, Schmidt.« Wenn es nicht um dienstliche Dinge geht, darf ich auf eine formelle Anrede verzichten. »Glühende Liebesbriefe erreichen mich an meiner Privatadresse. Ich habe keine Ahnung, von wem dieses Schreiben stammt, weil Gerda den äußeren Umschlag weggenommen hat. Und auch das Begleitschreiben, falls ein solches beigelegen hat.«

Schmidt betrachtete nachdenklich die Fotografie. »Wo habe ich dieses Gesicht schon gesehen?«

»Konzentrieren Sie sich lieber auf den Schmuck«, riet ich. »Sieht aus wie Theaterschmuck. Kaum für unsere Sammlung geeignet . . .«

»Nein, nein, da haben Sie ganz recht. Aber trotzdem – irgend etwas kommt mir bekannt vor . . .«

Gerda räusperte sich. »Ich habe es sofort erkannt«, begann sie in ihrer bescheidenen Art. »Als ich vor zwei Jahren den Universitätskurs bei Professor Dr. Eberhardt-Simonson belegt habe – Antike Kunst in Kleinasien . . .«

Ich war wütend. Sie hatte genügend Zeit gehabt, sich

über das Foto den Kopf zu zerbrechen, und benutzte ihren Vorteil, sich über unsere Unwissenheit lustig zu machen. Auch Schmidt war entrüstet.

»Kommen Sie zur Sache, Gerda.«

Gerda erwiderte geziert: »Es ist Frau Schliemann, die den Schmuck trägt, den Heinrich Schliemann in Troja ausgegraben hat. Aus dem Hügel in Hissarlik, in der Türkei. 1873, glaube ich . . .«

»Sie brauchen uns keinen Vortrag über Schliemann zu halten«, sagte Schmidt sarkastisch. »Wir alle haben die Mittelschule besucht. Kleinasien ist allerdings nicht mein Spezialgebiet.«

Es war auch nicht meines. Trotzdem hätte ich das Bild erkennen müssen. Jeder Kunsthistoriker hat Lesungen über die Ausgrabungen von Troja gehört, und jede Frau interessiert sich für Schmuck. Aber Gerda hatte mir in ihrer hinterhältigen Art ihre Überlegenheit unter die Nase gerieben; ich gönnte ihr den Triumph nicht, und das bewog mich, die Sache weiter zu verfolgen.

Von solchen Kleinigkeiten hängt oft unser Schicksal ab. Ohne Gerda wäre ich vielleicht achselzuckend in mein Büro zurückgegangen, hätte das Foto in den Ordner UNERLEDIGTES getan und auf eine weitere Erklärung des Absenders gewartet. Die nie gekommen wäre, denn Tote schreiben nicht.

Statt dessen fragte ich verärgert: »Was hast du mit dem äußeren Umschlag gemacht?«

Schmidt, den Blick immer noch auf das Bild geheftet, wollte wissen: »Wieso wissen Sie, daß auch ein äußerer Umschlag vorhanden war?«

»Hier – dieses Kuvert mit dem Bild ist unbeschriftet. Keine Adresse, keine Briefmarke. Sag schon, Gerda, wo ist der Umschlag?«

Gerda senkte schuldbewußt den Blick. Ich folgte seiner

Richtung. Der Papierkorb. Er war nicht nur leer, sondern sauber wie mein Küchenboden. Oder sauberer – denn ich habe einen Hund.

»Du hast ihn doch nicht fortgeworfen . . .?«

»Er war schmutzig«, verteidigte sie sich. »Über und über mit Dreck beschmiert.« Angeekelt verzog sie das Gesicht. »Man konnte kaum deinen Namen lesen, Vicky.«

»Und der Name des Absenders . . .«

»Vollkommen unleserlich. Sonst hätte ich . . .«

»Die Briefmarke? Woher kam das Schreiben? Inland? Ausland?«

Sie machte eine Geste der Hilflosigkeit. Ich ließ sie beschämt zurück und verließ das Zimmer. Schmidt folgte mir auf dem Fuß. »Ich komme mit Ihnen!«

»Wohin?«

»Zu den Aschentonnen, natürlich. Das Kuvert suchen.« Er zwinkerte mir zu. »Der verschwundene Briefumschlag! Ein glänzender Titel für einen Abenteuerroman.« Wie schon erwähnt, Schmidt hatte einen erbärmlichen Geschmack, was Literatur betraf. »Ich langweile mich. Unser letzter Fall liegt schon Monate zurück.« Sein Hunger nach Geheimnissen und Abenteuern ist unstillbar. Der ›Fall‹, auf den er anspielte, war der ungeschickte Versuch eines Besuchers, eine Gemme in seiner Jackentasche verschwinden zu lassen. Einer unserer Aufseher hatte ihn dabei ertappt. Man hatte sogar davon Abstand genommen, die Polizei zu verständigen. Aber Dr. Schmidt beharrte nach wie vor darauf, vom ›Fall der Entwendeten Gemme‹ zu sprechen. Jetzt war es ein verschwundener Briefumschlag.

Unser Pförtner war ziemlich erstaunt, als der Direktor mit mir auf den Hof hinausging. Er kam hinter uns her. Karl, ein Kriegsveteran, ist mir besonders zugetan, aber ich weiß, daß seine Bewunderung weniger meiner Person gilt als meinem Hund. Seit Karl mir einmal meine Aktentasche nach Hause gebracht hatte und vom Dobermann enthusiastisch empfangen wurde, hatte sich zwischen beiden eine starke Sympathie entwickelt.

Er besuchte Cäsar alle paar Wochen und unterließ es nie, ein passendes Geschenk mitzubringen, und sei es nur ein übelriechender Knochen.

Karls erste Frage galt der Gesundheit meines Dobermanns, erst dann erkundigte er sich nach dem Grund unseres Ausflugs in den wenig attraktiven Hof. Schmidt stellte Gegenfragen. Ja, Karl hatte Gerdas Papierkorb ausgeleert, wie jeden Morgen und jeden Abend. Nein, die Müllabfuhr war noch nicht erschienen, sie kam nur Dienstag und Freitag.

Natürlich half er uns bei der Suche, was sehr praktisch war, denn die zwei Aschentonnen waren ziemlich hoch, und Schmidt war nicht groß genug, um sich über ihren Rand zu beugen. Es war auch keine erhebende Tätigkeit, zwischen angebissenen Wurstbroten und Apfelschalen nach einem weggeworfenen Umschlag zu suchen. Und die Tonne war seit vergangenem Freitag nicht geleert worden. Schließlich aber wurde die unappetitliche Tätigkeit von Erfolg gekrönt. Ich hielt den gesuchten Gegenstand in meinen Händen.

Diesmal hatte Gerda nicht übertrieben. Das Kuvert war schmutzig. Eine schmierige braune Kruste überzog den größeren Teil des Papiers.

Schmidt war zu mir getreten. »Blut«, sagte er in einem Tonfall, der einem Shakespeare-Darsteller alle Ehre gemacht hätte. »Der Umschlag ist mit Blut verkrustet.«

»Nichts als Dreck«, erwiderte ich. »Sie lesen zu viele Kriminalromane, Schmidt.«

Wir waren enttäuscht, denn auf dem Umschlag war weder ein Absender vermerkt, noch eine Rückadresse. »Expedition erfolgreich, aber zwecklos«, entschied ich. Karl kehrte in seine Loge zurück, und Dr. Schmidt in sein Direktionszimmer. Ich ging erst in unsere Bibliothek, um ein bestimmtes Buch herauszusuchen. Dann verkroch ich mich in die Abgeschiedenheit meines Turms. Im Hof war es kalt gewesen, ich hielt meine vom Wühlen im Unrat steifgewordenen Finger an die Heizung, nachdem ich mir sehr sorgfältig die Hände gewaschen hatte.

Koffein soll helfen, verworrene Gedanken in eine gewisse Ordnung zu bringen. Also kochte ich mir neuen Kaffee, bevor ich mich an die weitere Untersuchung machte. Der Stempel auf der Briefmarke war unlesbar, aber mit Hilfe meiner Lupe konnte ich ein B und ein A ausmachen. Ein Badeort? Die Briefmarke war deutsch, der Brief nicht im Ausland aufgegeben worden. Aber das half mir wenig, denn es gibt in Deutschland mehrere Dutzend von Orten, die sich Bad nennen, mit oder ohne Berechtigung.

Auch die sorgfältigste Untersuchung brachte mich nicht weiter. Der Umschlag war aus starkem Papier und gefüttert. Dadurch waren die Flecken, die Gerda und ich für Schmutz und Dr. Schmidt für Blut gehalten hatte, nicht nach innen gedrungen. Der Brief war an mich gerichtet, aber über die Adresse des Museums. Der Absender konnte also niemand aus meinem Bekanntenkreis sein, sonst hätte er unweigerlich an meine Privatadresse geschrieben. Auch kamen mir die Schriftzüge – die Adresse war nicht getippt – in keiner Weise bekannt vor.

Als nächstes schlug ich das Buch aus der Bibliothek auf, das sich mit Schliemann und seinen Ausgrabungen beschäftigte. Mühelos fand ich das in Frage kommende Bild, es nahm eine ganze Seite ein. Sophie Schliemann, geschmückt mit den in Troja ausgegrabenen Juwelen.

Doch Sophie Schliemann war – zumindest nach dem Geschmack der damaligen Zeit – eine schöne junge Frau gewesen. Die Frau auf der mir gesandten Fotografie war hingegen ältlich, mit verbrauchten Zügen.

Gerda hatte nur zur Hälfte recht behalten. Der Schmuck und seine Anordnung waren die gleichen wie auf dem Bild der jungen Griechin, die Schliemann geheiratet hatte. Doch die Frau war eine andere. Und der Schmuck mußte falsch sein. Eine glänzende Kopie, aber doch nur eine Nachahmung. Denn hinter der Frau war unter der Lupe ein Kalender zu sehen, auf dessen Blatt ein Datum stand. Mai 1982. Die Aufnahme war also jüngeren Datums. Die Juwelen waren aber im Untergang von Berlin verlorengegangen und nie wieder aufgetaucht.

Das war im Frühjahr 1945 gewesen.

Was bedeutete das alles? Handelte es sich um einen dummen Scherz? Würde in den nächsten Tagen ein Begleitbrief eintreffen, der eine Aufklärung enthielt? Das Museum bekam oft Post, die man nicht weiter ernst nehmen konnte, weil sie von Verrückten und Spinnern geschrieben worden war. Ich erinnerte mich an eine Frau, die behauptete, vom Geist Hieronymus Boschs besessen zu sein, und unter seiner Leitung pornographische Zeichnungen anfertigte.

Ein verarmter Graf aus der Provinz hatte uns seinen minderwertigen Familienschmuck zum Gelegenheitspreis von einer Million Dollar angeboten. Und ein indischer Koch offerierte uns einen hundertkarätigen Diamanten – das Auge des Buddhas von Eschnapur. Eschnapur ist aber eine Provinz, die gar nicht existiert, sondern nur in alten deutschen Filmen auftaucht.

Ich trat ans Fenster und überlegte. Es hatte zu schneien begonnen, die Umrisse der Stadt waren kaum zu erkennen. Mehrere Jahre hindurch war ich Weihnachten nach Hause gefahren, nach Minnesota, um die Feiertage im Kreis meiner Familie zu feiern. Ich half, den Baum zu schmücken, der in der großen Halle aufgestellt wurde. Mutter und Großmutter waren in der Küche und buken Weihnachtskuchen nach alten schwedischen Rezepten, während Großvater mit Vater über Politik debattierte und auf seine ›verdammten liberalen Enkelkinder‹ schimpfte. Friede auf Erden, an dem ich diesmal nicht teilnehmen konnte, weil ich das Geld für den Flug leichtsinnigerweise anderweitig ausgegeben hatte.

Das war traurig. Noch trauriger war aber die quälende Frage, ob mich irgend jemand in meiner Heimat vermissen würde . . .

Ich war allein. Allein in der Fremde, und der einzige Mann, der mir etwas bedeutete, hatte sich seit Wochen nicht blicken lassen und nicht gemeldet.

Ich zwang mich, nicht mehr an Minnesota zu denken, sondern an das längst vergangene Troja, das Schliemann, der reiche Kaufmann und Amateur-Archäologe zum Erstaunen aller Fachleute genau dort gefunden hatte, wo Homer es beschrieb. Trotzdem hatte er sich geirrt. Der ausgegrabene Schmuck stammte nicht aus der Zeit, da die heldenhaften Trojaner jahrelang der griechischen Belagerung trotzten, sondern war verblüffenderweise tausend Jahre älter.

Heute kann kein Archäologe auch nur eine Tonscherbe mit nach Hause nehmen. Das jeweilige Land, in dem er seinen Spaten ansetzt, belegt sie mit Beschlag. Doch Schliemann hatte keine Schwierigkeiten, das Gold von Troja nach Berlin zu bringen. Während des Krieges hatten die Deutschen es in Sicherheit gebracht. In vermeintliche Sicherheit. Denn seit die Russen in Berlin einmarschiert waren und sich aller Schätze bemächtigt hatten, die die ›Reichshauptstadt‹ zu bieten hatte, war es verschwunden und verschwunden geblieben.

Andere Kostbarkeiten hatten im Lauf der Jahre den Weg zurück gefunden. Der Pergamon-Altar befand sich im Museum von Ostberlin, die entführten Wissenschaftler waren freigelassen worden, nachdem sie ihre Geheimnisse den Sowjets preisgegeben hatten. Nicht so das Gold von Troja.

Hatten die Russen einen bestimmten Grund, es zurückzuhalten?

Rätsel, die nie gelöst worden waren. Ich wußte, daß die besten Köpfe der deutschen Archäologen sich mit dem Problem beschäftigt hatten. Ohne es lösen zu können.

Warum sollte dies gerade mir vergönnt sein, einer Kunsthistorikerin aus Minnesota, die sehr wenig über kleinasiatische Ausgrabungen wußte, wenn auch ziemlich viel über mittelalterliche Malerei. Konnte ich für meine Zukunft mehr erwarten als diesen meinen Platz in dem kleinen Münchner Museum? Sollte ich in meine Heimat zurückkehren und mit einer Dozentenstelle an einer mittleren Universität vorliebnehmen?

Verdammt! Die nahende Weihnachtszeit verleitet einen immer wieder, zu prüfen, was man erreicht hat, und Bilanz zu ziehen.

3

Das Klingeln des Telefons riß mich aus meinen trüben Gedanken.

Es war Schmidt. Er lud mich zum Mittagessen ein. Das tat er mindestens zweimal wöchentlich. Dabei war er weniger an meiner Person interessiert als an Rosanna.

Rosanna ist keine lebende Frau. Sie ist die Heldin eines Romans, an dem ich seit Jahren schreibe, ohne Hoffnung, daß er jemals gedruckt werden würde. Doch Schmidt, in seiner naiven Freude an Geheimnissen und Abenteuern, will immer wissen, wie die Geschichte weitergeht. Keine Situation ist ihm zu unwahrscheinlich, kein sexuelles Erlebnis zu trivial; er will alles erfahren und miterleben.

Ich habe in meiner freien Zeit genügend Muße, den Faden weiter und weiter zu spinnen. Rosanna ist bereits von Sultanen, Banditen und perversen Lebemännern entführt worden, doch immer wieder gelingt es ihr, im letzten Moment der Vergewaltigung zu entgehen. Im letzten, noch nicht vollendeten Kapitel hat es ganz den Anschein, als würde es Giacomo Casanova endlich glücken, sie ihrer Jungfernschaft zu berauben, und Schmidt behauptet, nicht schlafen zu können, ehe er nicht weiß, wie die Sache ausgeht. Was eine plumpe Lüge ist, denn Schmidt ist ein Typ, der bei jeder passenden oder unpassenden Gelegenheit einschläft, selbst bei einem spannenden Vortrag über Gobelins des 15. Jahrhunderts.

Wir gingen zu unserer bevorzugten Kneipe, die ein dunkles Bier ausschenkt, dem Schmidt besonders zugetan ist. (Obwohl es wenige Sorten Bier gibt, denen er abhold ist.) Er bestellte Weißwürste, die man ihm widerspruchslos servierte, obwohl zwölf Uhr mittag bereits vorbei war – einer Münchner Tradition zufolge muß diese Spezialität vorher verzehrt werden. Dazu bestellte er einen Schweinsbraten und bestrich ein großes Stück Schwarzbrot dick mit Butter. Sein Appetit war in Ordnung. Ich nippte an meinem Weißbier und wartete darauf, daß er zur Sache kommen würde. Ich wußte, das würde nicht lange dauern. Schmidt hält sich für schlau und spitzfindig. Ein Irrtum.

Er hatte noch kaum den Zipfel seiner Serviette in den

Kragen gesteckt, als er loslegte: »Ich habe Ihnen eine wichtige Eröffnung zu machen, Vicky.«

»Ich weiß.«

Er beäugte mich mißtrauisch. »Was wissen Sie? Sie können gar nichts wissen.«

»Aber doch. Ein Gelehrter Ihres Kalibers muß unterdes auch schon festgestellt haben, daß die Frau auf dem Bild nicht Sophia Schliemann ist.«

Er prustete enttäuscht. Er mag es nicht, wenn man ihm beweist, daß auch andere so klug sind wie er. »Wir sind uns also einig.«

»Inwiefern?«

»Das Foto ist gefälscht. Die Juwelen sind Bühnenschmuck. Aber der vermeintliche Schmutz auf dem Umschlag ist verkrustetes Blut.«

»Lächerlich. Es ist einfacher Dreck.«

»Blut.«

»Dreck.«

»Blut.«

»Dreck.«

Wir sind oft verschiedener Meinung und benehmen uns wie Halbwüchsige, die drohen, ihren ›großen Bruder‹ zu holen, damit dieser den Streit schlichtet. Da weder Schmidt noch ich ältere Geschwister haben, mußten wir uns auf eine andere Art Schiedsrichter einigen.

»Das Labor!«

Es war das Ei des Kolumbus. Da wir im Museum öfters den Firnis von Gemälden oder das Alter von Geweben prüfen müssen, verfügen wir über ein kleines, aber gut ausgestattetes Laboratorium.

»Einverstanden«, sagte ich. »Das Labor soll entscheiden, wer recht hat. Aber selbst wenn es Blut ist . . .«

»Menschliches Blut«, ergänzte Schmidt genüßlich.

»Wir können doch nichts unternehmen. Auf dem Umschlag steht kein Absender. Nur wenn der Absender die Freundlichkeit hat, einen zusätzlichen Brief zu schreiben ...«

»Wenn er dazu in der Lage ist«, unterbrach mich Schmidt vergnügt. »Er muß eine Menge Blut verloren haben.«

Ich reagierte unnötig heftig – wahrscheinlich weil ich demselben Gedankengang gefolgt war. »Wie ich schon sagte, Sie lesen zu viele Kriminalromane, Schmidt. Sie sollten sich statt dessen in historische Romanzen vertiefen. Wissen Sie, was im nächsten Kapitel geschieht? Ehe Casanova seine Hände auf Rosannas Brüste legen kann, wird er als Bibliothekar nach Böhmen berufen ...«

»Und Rosanna ...?«

»Kommt nach Paris. Sie gefällt dem König, aber Madame de Maintenon, eifersüchtig, beschuldigt sie der Hexerei und ...«

Schmidt rieb sich die Hände. »Fantastisch. Prima. Trotzdem – es wird Ihnen nicht gelingen, mich vom Thema abzulenken, was offensichtlich Ihre Absicht ist.«

Er hatte recht, aber ich weigerte mich, es zuzugeben. »Im Moment verfügen wir über keinen verläßlichen Ausgangspunkt. Ein Umschlag ohne Absender. Eine Fotografie, die offensichtlich retuschiert worden ist ...«

»Einspruch. Auch wenn es sich bei der Frau nicht um Sophie Schliemann handelt, es ist eine echte Frau.«

»Zugegeben, die Frau ist echt. Aber der Schmuck ist falsch.«

Ich unterbrach mich, und um meine Verlegenheit zu überspielen, begann ich ein Stück Brot mit Butter zu bestreichen. Schmidt sah mich prüfend an. Er ist ein so netter Mensch, daß die meisten Leute übersehen, wie intelligent er ist. Manchmal habe ich sogar den Eindruck, er könne meine Gedanken lesen. In diesem Fall waren allerdings kaum übersinnliche Kräfte nötig. Wenn es sich um Fälschungen dreht – oder um irgendeine andere Gaunerei –, muß ich unweigerlich an John denken.

In meinen Gedanken nenne ich ihn immer John. Er nannte sich John Smythe, aber das war nur ein Name von vielen, die er benützte. Einmal hatte er mir in einem schwachen Moment gestanden, daß John sein wirklicher Vorname war. Selbst wenn das die Wahrheit war, gab er nicht viel von seiner Identität preis. Doch wahrscheinlich war auch das gelogen, denn John war der vollendetste Lügner, seit Baron Münchhausen das Baltikum unsicher machte.

»Falscher Schmuck«, setzte Schmidt meinen Gedankengang fort. »Aber eine ausgezeichnete Kopie. Nur wenige Fachleute können so was nach einem Foto anfertigen. Was für ein Jammer, daß der Mann, der all diese Fachleute und Fälscher kennt, uns nicht mehr behilflich sein kann.«

4

Ich hatte mir geschworen, es nie wieder zu tun. Aber ich brach meinen Schwur immer wieder. Ich kramte unter alten Briefen und Rechnungen, bis ich den Scherenschnitt gefunden hatte.

Ich besaß nicht einmal eine Fotografie von John. Er war kamerascheu und hatte allen Grund dafür. Doch einmal hatte er auf einer Kaffeehausterrasse in der Leopoldstraße einem Straßenkünstler erlaubt, von ihm einen Scherenschnitt anzufertigen.

Das war alles, was mir von ihm geblieben war.

Natürlich gab er seine Züge nur ungenau wieder. Aber

auch in Fleisch und Blut waren seine Konturen nicht immer scharf und eindeutig. Um die Geschicklichkeit, sich zu verkleiden und zu verstellen – nicht nur äußerlich, sondern auch in bezug auf Sprache und Bewegungen –, hätte ihn jeder Schauspieler beneiden können. Die Sucht nach Anonymität war seine hervorragendste Eigenschaft; die Fähigkeit, nicht aufzufallen und in einer Menge unscheinbar zu bleiben. Er war etwa so groß wie ich, aber seine Haarfarbe wechselte ständig, je nach Erfordernis. Außer seinen schmalen, langen, harten Fingern erinnerte ich mich am besten an seine Wimpern. Sie waren lang und buschig wie die eines Mädchens.

Merkwürdigerweise zeigte gerade der Scherenschnitt noch andere Züge, die für ihn charakteristisch waren: die arrogante Nase und das selbstsicher hervortretende Kinn. Ich konnte bei der Betrachtung das Gefühl nie loswerden, als lächle er sein spöttisches Lächeln.

Ich saß auf meinem neu gepolsterten Sofa, ein Glas Wein in der Hand. Meine Schuhe hatte ich abgestreift, der Dobermann zu meinen Füßen schnarchte leise. Manchmal zuckte er. Ich hatte schon oft überlegt, welcher Art wohl die Alpträume eines Hundes wären. Grimmige Katzen von der Größe eines Elefanten . . .? Oder träumte Cäsar bloß von den Leiden seiner Jugend? Ich werde nie seinen ersten Anblick vergessen, als er mir im Dunkel des Antiquitätenladens, in den wir eingedrungen waren, knurrend und zähnefletschend entgegenkam. Sein Herr hatte ihn schlecht gefüttert und geschlagen, um ihn scharf zu machen.

John hatte ihn damals mit einer Gaspistole betäubt, und später – als der Antiquitätenhändler hinter Gittern verschwand – hatte ich mich des Hundes angenommen, und gute Pflege und liebevolle Behandlung hatten ihn in einen lebhaften, gesunden Dobermann zurückverwandelt.

Der Antiquitätenhändler hatte gefälschte Meister verkauft. John war es gelungen, die Sache auffliegen zu lassen, womit er der Polizei und ehrlichen Händlern einen großen Dienst erwies. Doch für diesen Dienst hatte er einen großen Preis kassiert, denn er hatte unzählige echte Stücke unbekümmert in seinen Besitz übergehen lassen. Das war so seine Art. In der Welt der Fälscher und Ganoven fühlte er sich zu Hause, und seine Talente wurden allgemein anerkannt, wenn auch nicht immer geschätzt.

Er haßte Gewalt und vermied sie, so gut er konnte. Aber zumindest einen Mann hatte er eindeutig umgebracht, und das konnte ich ihm nicht vorwerfen, denn dieser Mann hatte sein Möglichstes getan, mich zu töten.

John war – mit diesem Mann kämpfend – in den eisigen Wassern des Vippensees versunken. Das war vor acht Monaten gewesen. Tags darauf war die Leiche seines Widersachers aufgetaucht. Von John hatte man nie wieder gehört.

Seither kannte Schmidts Bewunderung für John, dem er nie begegnet war, keine Grenzen. Für ihn war er eine Art Robin Hood, was weit von der Wahrheit entfernt war. Es stimmte zwar, daß Johns Beutezüge nur die Reichen schädigte. Doch nur aus dem Grund, weil bei den Armen nichts zu holen war. Wohltätigkeit begann und endete bei seiner eigenen Person.

War er damals im See ertrunken? Jedenfalls galt er als tot. Aber ich gab die Hoffnung nicht auf. Es war auffallend praktisch für ihn, als tot zu gelten, denn nicht nur die Kriminalpolizei mehrerer Länder suchte ihn, sondern auch die Freunde des Mannes, dessen Leiche ans Ufer gespült worden war, und deren Beute er unter der Hand an Hehler verkauft hatte.

Wochen und Wochen hatte ich auf ein Lebenszeichen von ihm gewartet. Nicht auf ein so alltägliches wie einen

Brief oder einen Telefonanruf. Johns Methoden der Kommunikation verrieten Fantasie und gewundene Gedankengänge. Einmal hatte er mir eine Imitation des Hope-Diamanten geschickt und einmal eine einzelne schwarze Rose. Nun weiß jeder Blumenfreund, daß es gar keine schwarzen Rosen gibt. Es war auch keine echte Blume gewesen, sondern eine Imitation aus Kunststoff.

Die falschen Juwelen der Frau, die als Sophia Schliemann postierte, mochten auf John als Absender hinweisen. Aber ein Umschlag, der mit Schmutz oder Blut befleckt war? Das war eigentlich nicht sein Stil, es sei denn, das Blut wäre sein eigenes.

Ich ließ mich dazu hinreißen, etwas zu tun, wofür ich mich heute noch schäme. Ich setzte eine Annonce auf, die ich unter Persönliches in sämtlichen großen Zeitungen der Welt erscheinen ließ. FIGARO, DIE SÜDDEUTSCHE, DIE ZEIT, NEUE ZÜRICHER ZEITUNG, CORRIERA DELLA SERA, TIMES, LA PRENSA, NEW YORK TIMES.

Das kostete eine Menge Geld, und die Hoffnung, vielleicht doch noch in die Staaten fliegen zu können, verminderte sich auf Null. Aber ich konnte es nicht lassen.

Den Text hatte ich sorgfältig formuliert, damit er – und nur er – ihn auf den ersten Blick verstehen konnte.

HOPE DIAMANT. SCHWARZE ROSE. SOPHIAS JUWELEN, ERWARTE SCHNELLSTMÖGLICH LEBENSZEICHEN. VICTORIA

5

In den nächsten Tagen wurde ich verfolgt. Mein Schatten folgte mir quer durch München, wohin auch immer ich mich wendete.

Ein kleiner Mann mit Bauch, der die seltsamsten Verkleidungen benützte. Schmidt, immer Schmidt. Er kannte kein größeres Vergnügen, als Detektiv zu spielen, und ich hütete mich, ihm den Spaß zu verderben. Ich gab vor, ihn nicht zu bemerken, und versuchte nie, ihn abzuschütteln, obwohl das nicht allzu schwer gewesen wäre.

Seit unser Laboratorium festgestellt hatte, daß es sich bei den Flecken auf dem Umschlag tatsächlich um Blut – menschliches Blut – handelte, glaubte mich Schmidt in Gefahr. Es wäre lächerlich gewesen, die Polizei zu Hilfe zu rufen. So spielte er auf eigene Faust den geheimnisvollen Beschützer.

Am besten gefiel er mir in der Rolle von Erich v. Stroheim. Die Glatze brauchte er nicht vorzutäuschen, aber das unumgängliche Monokel bereitete ihm Schwierigkeiten. Seine Augenmuskeln waren nicht gewohnt, es festzuhalten, und er ließ es immer wieder fallen. Wiederholt, wenn ich mich vorsichtig umwandte, sah ich sein großes Hinterteil, wenn er sich nach dem Requisit bückte. Einmal schlug ihn eine Frau mit ihrer Handtasche und beschuldigte ihn, er benütze diesen Trick, um unter ihren Rock zu schauen. Ich konnte ihm nicht aus der Patsche helfen, denn ich mußte vorgeben, nicht zu wissen, wer er war.

An sich gehöre ich nicht zu den Menschen, die an Feiertagen in Depression versinken. Ich liebe Weihnachten, und Weihnachten in Bayern ist besonders fröhlich. Straßen und Geschäfte sind geschmückt, und auf dem Christkindlmarkt stehen dichtgedrängt Holzbuden, bei denen es die sonderbarsten Dinge zu kaufen gibt: Handgeschnitzte Heilige, seltene Gewürze und sogenannte ›Zwetschgenmanderln‹, groteske Figuren, die aus getrockneten Pflaumen geformt sind. Der Markt befindet sich auf dem großen Platz zwischen dem Rathaus und dem Alten Peter, wie die Münchner zärtlich ihre älteste Kirche nennen. Nachts beleuchten bunte Lampen die Szenerie.

Ich kaufte einige Geschenke, Spielzeug für meine Nichten und Neffen, Pfeffernüsse und gezuckerte Mandeln für Schmidt und eine ausgestopfte Siamkatze für Cäsar, der es über alles liebte, mit ausgestopften Tieren zu spielen, obwohl sie der liebevollen Behandlung durch seine Zähne selten länger als ein paar Tage standhielten.

Wie gesagt, an sich überkommt mich an Feiertagen keine Depression. Doch als ich an diesem Abend heimkehrte, konnte nicht einmal die Begrüßung Cäsars mich über meine schlechte Laune hinwegtrösten. Ich hatte mir ein bildschönes Negligé gekauft – italienische Arbeit, spitzenbesetzt – und als ich es auf meinem Bett ausbreitete, kamen mir fast die Tränen. Bei welcher passenden Gelegenheit sollte ich es tragen, welcher Mann würde mich je in diesem Schaustück aus zartem Batist bewundern?

Als das Telefon klingelte, hoffte ich inbrünstig, es sei jemand, der imstande wäre, mich aus meiner Melancholie zu reißen. Zuerst erkannte ich seine Stimme gar nicht.

»Ich bin es. Tony.«

»Entschuldige, aber du klingst anders als sonst. So – so ernst . . .«

»Das ist auch meine Absicht. 's ist kein Privatgespräch.«

»Ich verstehe. Es geht auf Geschäftsspesen.«

»Sicher.«

»Wo bist du?«

»In meinem Büro, natürlich.« Immer noch der förmliche Tonfall, den ich bei Tony nicht gewohnt war. »Ich – ich habe gehofft, dich zu sehen . . .«

»Ich bleibe diesmal über die Feiertage hier. Nur, wenn dich dein Weg nach München führt . . .«

»Meinst du das im Ernst? Ich möchte keineswegs deine Pläne stören . . .«

»Tony, du klingst wie meine Tante Henriette. Sprich nicht so geschraubt. Ich würde dich gern sehen. Nichts wäre mir lieber. Und was meine Pläne betrifft – ich habe keine . . .«

». . . und dein komischer Chef?«

»Du weißt sehr gut, daß er Schmidt heißt. Der Name ist nicht schwer zu merken. Schmidt fährt zu seiner Schwester nach Frankfurt. Ich bin allein . . .«

»Oh . . .« Es war ein langgezogenes O. Tony klang wie der Baß einer Provinzoper. »Gut, gut. Paßt es dir, wenn ich am 21. komme?«

Ich versicherte ihm, nichts auf der Welt würde mir mehr Freude bereiten, als ihn am 21. vom Flughafen Riem abzuholen.

»Also abgemacht. Auf dann.« Es klang nicht sehr fröhlich. Ich hatte gehofft, er würde mich aufmuntern, aber jetzt hatte ich das Gefühl, er würde meiner Depression noch die seine hinzufügen.

Tony gehörte zu meinen ältesten Freunden. Wir kannten uns noch vom College her. Schon damals hatte er mich heiraten wollen, und seither hatte er seinen Antrag mindestens einmal jährlich wiederholt. Er grollte Schmidt, weil er ihm die Schuld gab, daß ich die Arbeit im Museum einer Ehe mit mehreren Kinderlein vorzog. Das war absolut ungerecht, denn ich hätte Tony auch nicht geheiratet, wenn mir Schmidt meinen Posten nicht angeboten hätte.

Dabei hatte ich Tony wirklich gern. Er war etwas größer als ich, dunkelhaarig und attraktiv. Wir hatten gemeinsam einen wilden Sommer an den Ufern des Rheins verbracht, auf der Jagd nach einem Altarbild, das aus einer Kirche gestohlen worden war. Wir hatten Erfolg gehabt, was mir den Job in München eintrug und ihm eine Beförderung.

Tony wäre sicher der richtige Mann für mich gewesen, wenn – ja, wenn ich in ihn verliebt gewesen wäre. Doch das war ich nie. Und ich bildete mir ein, daß Verliebtheit eine Voraussetzung für eine Eheschließung sei. Eine Einstellung, die von meiner Familie teils für altmodisch, teils für unvernünftig gehalten wurde.

Tonys seltsame Sprechweise ging mir durch den Kopf. War er verlegen gewesen? Hatte er Grippe und sprach deshalb etwas heiser? Führten ihn wirklich Geschäfte nach München oder kam er eigens, um mich zu treffen? Wollte er mir wieder einen Heiratsantrag machen?

Wenn ich ja sagte, würde ich nie wieder Gefahr laufen, Weihnachten allein verbringen zu müssen.

Der Gedanke erschreckte mich. Ich durfte mich durch die Feiertagspsychose nicht unterkriegen lassen. Gottlob gab es Weihnachten nur einmal pro Jahr.

Und wenn John mein Inserat zufällig gelesen hatte . . . Wenn er sich meldete . . . !

Der Gedanke, John und Tony miteinander bekanntmachen zu müssen, ließ mich schaudern.

Doch vorläufig deutete nichts darauf hin, daß ich in Schwierigkeiten kommen würde. Der Rest der Woche verlief ereignislos, es schneite fast täglich, und der Betrieb im Museum verlief in der üblichen Routine. Weder John meldete sich, noch der Absender der geheimnisvollen Fotografie im blutbeschmierten Umschlag.

Die Ruhe vor dem Sturm hätte mich mißtrauisch machen sollen. Aber sie tat es nicht. Ich war töricht und naiv wie das Mädchen Pauline im Stummfilm, das zwischen den Schienen Blumen pflückt und nicht merkt, daß der Expreßzug heranbraust.

6

Mindestens einmal monatlich kommt es zu einem Krach zwischen Gerda und mir. Sie sagt oder tut etwas, was mich provoziert, ich brülle sie an, und sie beginnt schließlich zu weinen. Dann entschuldige ich mich geziemend, und wir sind wieder Freunde.

Es gehört ebenfalls zur Tradition, daß ich mit ihr um die Weihnachtszeit ins Bayerische Museum gehe, um die Krippenspiele zu bewundern. Sie sind wirklich sehenswert: die heilige Familie, die Heiligen Drei Könige und der Stall mit Ochs und Esel. Alle Figuren sind handgeschnitzt und mit hellen Farben bemalt, kommen aus bayerischen Werkstätten, aber einige auch aus dem Ausland, vor allem aus Italien.

Wir begutachteten die einzelnen Ausstellungsstücke, und freuten uns besonders über die Kinder, die staunend vor den einzelnen Krippen standen und sie, mit vor Aufregung geröteten Wangen, anstarrten. Ich konnte es nicht lassen, einem der atemlos glotzenden Kinder übers Haar zu streichen, als Gerda mir einen kleinen Stoß versetzte.

»Vicky, schau – der Mann dort geht mir nach.«

Ich warf einen Blick in die angegebene Richtung, aber der Raum war voller Leute, und das Licht war gedämpft – nur die Krippen waren hell erleuchtet. Immerhin sah ich einen Moment lang das Profil eines Mannes mit einer Hakennase, bevor er in der Menge untertauchte.

»Der kommt mir bekannt vor«, sagte ich nachdenklich.

»Du glaubst natürlich, daß er *dir* nachgeht.«

»Ich glaube, daß du Gespenster siehst. Warum soll jemand, der eine Ausstellung von Krippen besichtigt, sich für eine von uns interessieren?«

»Er ist mir aufgefallen«, bestand Gerda.

»Dir fällt jedes männliche Wesen unter siebzig auf. Komm, gehen wir in die Cafeteria, wir haben schon genug für unsere Bildung getan.«

Heißer Kaffee und Sahnetörtchen taten uns gut. Zufrieden kehrten wir an unsere Arbeit zurück.

Ich pflege mein Büro nicht abzuschließen, wenn ich ausgehe. Ich bewahre dort keine Wertsachen auf, und unser Aufseher in der Halle paßt schon auf, daß kein Unbefugter die Treppe hinaufgeht. Ich war daher nur mäßig erstaunt, daß die Lichter brannten. Gewöhnlich lösche ich sie, bevor ich gehe, aber natürlich kommt es auch vor, daß ich das vergesse. Ich ging also ohne besonderen Argwohn zu meinem Schreibtisch.

Ich habe immer die Romanfiguren bewundert, die auf den ersten Blick erkennen, daß ihre Sachen durchsucht worden sind. Das müssen sehr ordentliche Leute sein. Von mir kann ich das nicht behaupten; die Unordnung auf meinem Schreibtisch ist derart, daß ich nicht gleich feststellen kann, ob sie ein Fremder in eine neue Art von Chaos verwandelt hat.

Doch offenliegende Manuskriptseiten gaben mir einen Hinweis. Ich war sicher, daß ich vor der Mittagspause an der Beschreibung einer Holbein-Miniatur gearbeitet hatte. Aber die erste Seite, auf die mein Blick fiel, begann mit den Zeilen: ›Rosanna versuchte vergebens, ihre Brüste vor den wollüstigen Blicken des Herzogs zu verbergen . . .‹

Jemand hatte sich an meinen Manuskripten zu schaffen gemacht. Der Hauptverdächtige war natürlich Schmidt. Er will immer wissen, was Rosanna im nächsten Kapitel zustößt. Doch seine Neugier geht nie so weit, daß er das Besteigen der steilen Treppe auf sich nimmt. Außerdem sah ich jetzt, daß eine Lade halboffen stand und ein Bücherstapel umgestoßen war.

Meine erste Reaktion war nicht so sehr Betroffenheit wie hoffnungsvolle Erwartung. Natürlich dachte ich vor allem an John. Aber John konnte es nicht gewesen sein. Er war viel zu geschickt; er hätte alles haargenau so zurückgelassen, wie er es vorgefunden hatte. Nie wäre ihm der Lapsus mit der offenen Lade passiert. Außerdem hätte ihn der Aufseher, der ihn nicht kannte, nie in mein Büro hinaufgelassen. Als ich zurückgekommen war, hatte er mich mit einem schläfrigen ›Grüß Gott‹ begrüßt, ohne einen fremden Besucher zu erwähnen.

Etwas befremdet zog ich die halboffene Schublade ganz auf. Eine raschelnde Bewegung – und eine bunte Schlange schnellte hoch und verfehlte knapp mein Gesicht. Es war eine Papierschlange, ein Juxartikel. Trotzdem hatte ich einen entsetzten Schrei ausgestoßen.

Ich wußte sofort, wem ich meinen Schreck zu verdanken hatte. Nur ein Mann aus meiner Bekanntschaft liebte diese Art Scherze: Kunstvolle Spinnen auf dem Tischtuch – Zigaretten, die sich beim ersten Zug in Rauch auflösten. Es mußte Dieter sein, Dieter Wustrow, Vizekurator beim Antikenmuseum in Berlin, der allzugern Komiker geworden wäre statt Fachmann für präkolumbianische Kunst.

Sein Ausweis hatte den Aufseher natürlich zufriedengestellt. Und er mußte noch im Zimmer sein. Sicher hatte er sich versteckt, um meinen Schreck auskosten zu können.

Ich stieß die Spanische Wand beiseite, die meine

Waschnische abtrennte. Richtig, da stand er in voller Größe und bog sich vor Lachen. Sein Lachen wirkte ansteckend, mein Zorn verrauchte. Besonders, als er auf mich zueilte und mich in seine Arme schloß.

»Was für ein Schrei!« rief er bewundernd aus. »Du solltest Shakespeare spielen, statt in dieser Bruchbude zu verkümmern.«

»Und du solltest in drittklassigen Varietés auftreten«, gab ich zurück und brachte mich hinter meinem Schreibtisch in Sicherheit. Doch als ich im Begriff war, mich zu setzen, sprang ich wieder hoch.

Er grinste. »Keine Angst, Vicky! Die Tricks mit den Fröschen auf den Kissen sind veraltet.«

Erleichtert nahm ich Platz. Er steckte sich eine Zigarette an.

»Ich durfte nicht rauchen, verstehst du, hättest du Rauch gerochen, wärst du mißtrauisch geworden. Brauchst du nach dem Schreck einen Kaffee? Ich koch dir einen.«

»Nein, danke. Er könnte Salpeter enthalten oder ein Abführmittel. Was führt dich nach München?«

Er ließ sich auf den wackligen Stuhl vor meinem Schreibtisch nieder, als wäre er ein Fauteuil von König Ludwig II. »Das siehst du doch.« Er trug Keilhosen und einen Norwegerpullover. »Die Feiertage genießen. Ich habe vorgegeben, in der Glyptothek zu recherchieren, daher zahlt das Museum alle meine Spesen. Vielleicht kann ich dich überreden, mit mir ein paar Tage Ski zu laufen . . .«

»Nein, danke. Ich habe keine Lust, Spinnen in meinem Bett zu finden oder Wassereimer über meiner Zimmertür.«

»Keine Sorge, Vicky.« Er griff über die Schreibtischplatte nach meiner Hand. »Ich spiele Damen, die mit mir Tisch und Bett teilen, nie übel mit.«

»Ich habe Gegenteiliges gehört. Was Yvette von dir erzählt . . .«

»Ach, Yvette . . .« Seine Finger glitten unter meinen Ärmel. »Yvette muß man einfach zum Narren halten, sie ist so herzig, wenn sie wütend wird. Du bist anders.«

»Wieso?«

»Du bist größer und stärker als Yvette. Du wärst imstande, mich zu schlagen.«

»Da hast du ganz recht.« Jetzt war schon sein halber Arm im Inneren meines Ärmels. Ich zog meine Hand energisch zurück. »Du bist unmöglich, Dieter. Wenn ich mit dir Spielchen spielen will, dann sicher nicht in meinem Büro.«

»Aha! Du denkst an eine Hütte in den Bergen, an ein Bärenfell vor einem brennenden Kaminfeuer . . .«

»Tut mir leid. Ich kann im Moment nicht fort.«

»Dann nächste Woche . . .?«

»Auch nicht.«

Er seufzte. »Warum sagst du immer ›nein‹?«

Das hatte ich mich selbst schon gefragt. Er war keineswegs unattraktiv, kräftig gebaut, wenn auch etwas kleiner als ich, was mir aber nichts ausmachte. Er war ein angenehmer Gesellschafter, wenn er nicht gerade seine dummen Scherze machte, und ein hervorragender Fachmann. In einigen Jahren konnte er zum Hauptkurator aufsteigen, was für einen Mann Mitte Dreißig eine glänzende Karriere bedeutete. Ich liebte ihn wie einen Bruder – und manchmal haßte ich ihn wie einen Bruder. Aber nie empfand ich in seiner Nähe körperliches Verlangen.

»Vielleicht werde ich einmal ›ja‹ sagen«, beschwichtigte ich ihn.

Einen Moment fürchtete ich, ich hätte ihn gekränkt. Doch er war nicht der Typ, der ein Wortspiel ernst nahm. »Wer ist mein Rivale?« fragte er theatralisch. »Wen muß ich umbringen, um deine Liebe zu gewinnen?«

»Wenn du es unbedingt wissen willst – der Mann, den ich nächste Woche erwarte, ist Tony.«

»Ah, der gute alte Tony.« Er lachte. »Er hat so komisch ausgesehen, als der Stuhl unter ihm zusammengebrochen ist. Die langen Arme und Beine verschlungen wie eine Brezel. Wie geht es ihm?«

»Danke, gut, nehme ich an. Und wie geht es Yvette?«

Er zuckte die Achseln. »Ich hab' sie seit Monaten nicht gesehen. Aber ich weiß, daß ihre Scheidung durch ist.«

Ich stellte keine weiteren Fragen. Die Ehe von Yvette war, wie ich aus ihren Andeutungen entnehmen konnte, nicht sehr glücklich gewesen. Immerhin; als ihr Mann erfahren hatte, was sich zwischen ihr und Dieter bei unserem letzten Ski-Ausflug abgespielt hatte, hatte er die Konsequenzen gezogen.

Unterdes war es spät geworden, und Dieter hatte mich lange genug von der Arbeit abgehalten. Er lud mich zwar zum Abendessen ein, aber ich lehnte ab, und er drohte mir, mit Gerda vorliebzunehmen. Ich schob ihn zur Tür hinaus.

»Wenn ich nächste Woche noch in München bin, ruf ich dich an. Ich laß es mir nicht nehmen, den guten alten Tony wiederzusehen.«

Ich bezweifelte, daß Tony daran gelegen war, den guten alten Dieter wiederzusehen.

Als Dieter endlich fort war, konnte ich mich in aller Ruhe wieder mit der Miniatur von Holbein beschäftigen. Die Arbeit ging gut voran. Dieters Besuch hatte mich aufgemuntert.

Warum soll ich es nicht zugeben? Jeder Frau tut es gut, wenn sie sich von einem Mann begehrt fühlt. Selbst wenn es nur ein Schürzenjäger ist, der ihr eine Papierschlange in die Schreibtischlade steckt.

7

Wenn man einen großen Hund hat, muß man für seinen Auslauf sorgen. Ich wohne deshalb etwas außerhalb der Stadt, in Grünwald. Und ich habe festgestellt, daß ich wegen des Verkehrs früher zu Hause ankomme, wenn ich später von meiner Arbeitsstätte wegfahre.

So arbeitete ich auch an diesem Nachmittag länger, als es geboten gewesen wäre. Aber auf unserem Parkplatz wartete eine herbe Enttäuschung auf mich. Mein Wagen sprang nicht an. Dabei war er erst einige Monate alt und trug die Hauptschuld daran, daß ich mir keinen Heimflug leisten konnte. Er weigerte sich hartnäckig, sein vertrautes Summen hören zu lassen. Ich beschimpfte ihn und trat rüde gegen die Reifen. Aber auch diese verzweifelten Maßnahmen halfen nichts.

Ich gehöre zu den eleganten Fahrerinnen, die den Auspuff nicht vom Vergaser unterscheiden können. Karl, den ich zu Hilfe rief, ging zwar so weit, die Motorhaube aufzuklappen, aber auch er verstand nicht viel von den Geheimnissen des Verbrennungsmotors. Immerhin verstand er es, mich zu trösten. Er versprach, gleich am nächsten Morgen eine Werkstatt anzurufen.

Schmidts Wagen stand zwar noch auf dem Parkplatz, aber er selbst war nirgends zu sehen. Vielleicht war er auf einen Sprung in die Stadt gegangen oder in eine nahe Bierstube. Fluchend machte ich mich auf den Weg zur Straßenbahnhaltestelle.

Trotz der relativ späten Stunde war die Tram überfüllt. Ich mußte stehen, eingezwängt zwischen durchnäßten, müden und mißgelaunten Fahrgästen. Ich versuchte vergebens, mir etwas Spielraum zu verschaffen. Als es mir endlich gelang, meinen Kopf im Nacken zu bewegen, erkannte ich Schmidt. Der Narr hatte es sich in den Kopf gesetzt, mich zu verfolgen, und da ich nicht den Wagen genommen hatte, war er mir zu Fuß nachgegangen. Er trug eine grünblaue, dicke Strickjacke und hatte einen roten Schal vors Gesicht gewickelt. Seine Verkleidung gipfelte in schwarzen Sonnenbrillen. Er war in der Menge nicht so eingekeilt wie ich; vielleicht hielten die Leute Distanz, weil sie ihn für einen entsprungenen Irren hielten.

Bei jeder Haltestelle, wenn die Leute aus- und einstiegen, gab es ein Geschiebe und Gestoße, das mich immer gereizter machte. Meine Empörung erreichte ihren Höhepunkt, als ich an meiner rechten Hinterbacke eine Hand spürte, die mich zärtlich kniff.

Mit einem Ruck fuhr ich herum, um zu einer Ohrfeige auszuholen. Selbst wenn ich für eine heftige Bewegung genügend Platz gefunden hätte, wäre es nicht soweit gekommen. Fassungslos starrte ich in die unschuldig vor sich hin blickenden braunen Augen des Mannes, der sich hinter mich gedrängt hatte. Vielleicht wäre ich glatt umgefallen, wenn das Gedränge es nicht verhindert hätte.

Er trug einen unauffälligen schwarzen Wintermantel und einen feschen Tirolerhut mit einem Gamsbart. Auf der Oberlippe prangte ein kurzgeschnittener schwarzer Schnurrbart, den ich noch nicht kannte. Als unsere Blicke sich trafen, wandte er sich ab. Die Straßenbahn hielt mit einem Ruck, und bevor ich noch meine Fassung wiedergewinnen konnte, drängte er mit anderen zum Ausgang. In der Nähe der Türe sah ich noch andere Männer mit ähnlichen Hüten, dann hatte eine größere Gruppe die Tram verlassen und verschwand im nächtlichen Dunkel.

Der erboste Ausruf einer Frau, der man ansah, daß sie Torten nur ›mit Sahne‹ aß, ließ mich erkennen, daß ich das Gleichgewicht verloren hatte und auf ihrem Schoß saß. Ich rappelte mich hoch und entschuldigte mich stotternd. Unterdessen näherten wir uns der Endstation. Die Straßenbahn leerte sich. Schmidt saß hinten im Wagen, in ein Buch vertieft, von dem ich vermutete, daß er es verkehrt in seinen Händen hielt. Sicher hatte er vom Zwischenfall so wenig gemerkt wie alle anderen.

Kurz bevor ich ausstieg, griff ich in die Tasche meiner Pelzjacke. Der Inhalt meiner Taschen ist meist so bunt und vielseitig wie das Warenlager eines orientalischen Basars. Papiertaschentücher, Schlüssel, eingewickelte Bonbons, Quittungen, Einkaufslisten – Doch diesmal fühlten meine Finger einen Fremdkörper. Ein steifes Blatt Papier. Ich zog es hervor.

Es war eine bunte Postkarte. Eine Ansichtskarte des Columba-Altars. Eines der schönsten Stücke der Alten Pinakothek!

Typisch für John, auf diese Weise einen Rendezvousplatz zu fixieren. Kein Wort war gewechselt worden, aber Ort, Gebäude, Saal, ja selbst die vorgesehene Stelle waren unmißverständlich festgelegt.

Als ich aus der Tram stieg, wartete schon der Bus, mit dem ich noch drei Haltestellen zu fahren hatte. Bevor ich einstieg, wandte ich mich noch brüsk nach meinem Schatten um, der aus dem Nebel auftauchte.

»Besser, Sie kommen gleich mit, Schmidt«, sagte ich. »Der nächste Bus geht erst in einer halben Stunde, und ich will nicht, daß Sie sich meinetwegen erkälten.«

Er war zwar konsterniert, daß ich seine raffinierte Verkleidung durchschaut hatte, aber die Aussicht auf einen gemütlichen Abend mit seiner liebsten Mitarbeiterin – wie er mich gern nannte – verbesserte seine Laune. Und als ich ihm von Dieters Besuch und der Papierschlange und meinem Schreckensschrei erzählte, lachte er laut und schallend.

Von Cäsar wurde er mit einem enthusiastischen

Sprung empfangen. Ich half ihm vom Boden auf, hing seine Jacke zum Trocknen auf und bewirtete ihn mit Bier und einem improvisierten Abendessen. Nachdem er noch seine stinkende Zigarre zu Ende geraucht hatte, begann er zu gähnen.

Er verbrachte öfters die Nacht in meinem Haus, wenn er zuviel getrunken oder seinen Wagen beim Museum gelassen hatte. Für solche Fälle hielt ich für ihn ein altes Nachthemd aus Flanell bereit, das ihm allerdings viel zu groß war. Ich machte das Schlafsofa zurecht und zwang ihm noch ein Aspirin auf, um eine aufkommende Erkältung zu ersticken. Der Umgang mit Schmidt war eine ausgezeichnete Vorschule für den Fall, daß ich eines Tages Babys zu betreuen hätte.

Erst als ich wieder allein in meiner Leseecke saß, hatte ich Zeit und Muße, Johns Postkarte zu betrachten. Der Ort unserer Begegnung war festgelegt, aber nicht die Zeit. Doch sicher hatte er auch daran gedacht. Er würde nicht erwarten, daß ich tagelang vor dem Bild stehen würde, um auf sein Auftauchen zu warten.

Ich drehte die Postkarte um. Auf der Rückseite war nur der Name des Bildes und des Malers aufgedruckt: ANBETUNG DER KÖNIGE, Rogier van der Weyden, 1399 oder 1400 bis 1464. Unter einem der Daten sah ich einen dünnen Bleistiftstrich. Unter 14.

14 Uhr. »Alles klar«, rief ich zufrieden. Cäsar hob seinen Kopf und sah schuldbewußt zu mir auf. Er dachte, ich hätte ihn beschimpft, denn außer uns beiden befand sich niemand im Raum.

Hunde nehmen immer jede Schuld auf sich, selbst die ihrer Besitzer. Katzen fühlen sich nie schuldbewußt – egal, welche Sünden sie begangen haben.

8

Der nächste Tag begann unter den besten Auspizien.

Schmidt spendierte uns ein Taxi zum Museum, und Karl, der über besondere Beziehungen verfügte, überraschte mich mit der angenehmen Nachricht, daß mein Wagen schon repariert worden sei. Die Sache hätte nur Minuten gedauert – es wäre eine Kleinigkeit gewesen.

In der Mittagspause machte sich Schmidt zwar wieder daran, mir nachzufahren, aber es gelang mir unschwer, ihn abzuschütteln. Ich lächelte einem Verkehrspolizisten zu, während ich im letzten Augenblick an ihm vorbeifuhr, aber Schmidt – nach mir – wurde von ihm unbarmherzig gestoppt.

In der Pinakothek waren nicht allzu viele Besucher, hauptsächlich Kunstliebhaber aus der Provinz, die die Feiertage in München verbrachten. John war nirgends zu sehen. Aber ich hatte Zeit. Ich stellte mich vor das Gemälde von van der Weyden und bewunderte die Farben, die im Lauf der Zeit nichts von ihrem Glanz verloren hatten: Das satte Blau der Robe der Jungfrau, das dunkle Rot des Mantels des zweiten Königs und das Goldbrokat der Tunika des dritten.

So vertieft war ich einen Moment lang in die Betrachtung des Bildes, daß ich gar nicht merkte, daß jemand mich ziemlich unsanft gestreift hatte. Eine sonore Männerstimme murmelte eine Entschuldigung. Er ging weiter, ohne anzuhalten. Ich folgte ihm. Solange wir in der Pinakothek waren, beeilte er sich nicht. Er strebte zwar dem Ausgang zu, blieb aber gelegentlich vor einem der Gemälde stehen, um es anzusehen und zu bewundern. Erst auf der Straße beschleunigte er seinen Schritt. Er ging so schnell, daß es mir einige Mühe machte, ihm zu folgen. Doch ich blieb in angemessener Entfernung hinter ihm. Er bog zweimal um eine Ecke, dann blieb er bei einem geparkten Wagen stehen. Es war ein großer, schwarzer Mercedes, nicht gerade das neueste Modell, aber auch kein Oldtimer. Er schloß die Tür zum Beifahrersitz auf, dann ging er um das Auto herum. Ich stieg ein und warf die Tür hinter mir zu. Gleichzeitig saß er schon hinter dem Lenkrad.

Er fuhr los. Am Obelisk vorbei und über den Königsplatz. In einer ruhigen Seitenstraße hielt er an. Während der Fahrt hatten wir kein Wort gewechselt. Jetzt erst wandte er sich mir zu.

Die Augen waren immer noch braun, aber der Schnurrbart von gestern war verschwunden. Eine schmale Narbe, die ich noch nicht kannte, zog sich vom rechten Auge bis zur Schläfe. Wahrscheinlich die Erinnerung an einen kleineren Zwischenfall. Das hatte bei Johns Lebensstil nicht viel zu sagen. Ich kannte seinen ganzen Körper und wußte, wie viele Narben er aufwies.

Ich hatte schon seit langem überlegt, was ich ihm bei unserem ersten Wiedersehen sagen würde: Witzige und geistreiche Bemerkungen, die meine kühle Sachlichkeit unterstreichen würde. Doch jetzt, als es soweit war, brachte ich kein Wort heraus.

Er sah mich eine Zeitlang schweigend an und prüfte mein Gesicht, interessiert, aber nicht gerade liebevoll, nicht viel anders, als er beim Verlassen der Pinakothek dieses und jenes Bild in Augenschein genommen hatte. Dann hob er seine Hand und fuhr mit den Fingerspitzen über meinen Jochbogen bis zum Mund und dann zum Ohr hinauf. Er strich über mein Haar, bekam einen Schopf zu fassen und zog meinen Kopf sehr langsam, um mir nicht weh zu tun, zu dem seinen.

Wir küßten uns.

Nach einem Zeitraum, an den ich mich nicht mehr genau entsinnen kann, trennten sich unsere Lippen. Er glitt wieder hinter das Steuerrad, als wolle er eine Barrikade zwischen uns errichten. Er hatte immer Hemmungen gehabt, Gefühle preiszugeben. Und er pflegte die Stirn zu runzeln, wenn ich meinerseits Emotionen erkennen ließ.

»Zigarette?«

»Hast du vergessen, daß ich nicht rauche?«

»Verzeihung.« Er zündete sich eine an. Ich merkte, daß ich mich immer noch an ihn schmiegte. Ich setzte mich zurecht und glättete meinen Rock.

»Was hast du angestellt, seit wir uns das letzte Mal gesehen haben?«

»Nicht viel. Erst mal bin ich untergetaucht und blieb im Ausland. Ich bin ziemlich bürgerlich geworden. Ständiger Wohnsitz, ständige Arbeit . . .«

»Und eine kleine liebe Ehefrau?«

»Lieber Gott, das nicht. So weit bin ich noch nicht. Und du . . .?«

»Es sind erst acht Monate vergangen, weißt du das nicht mehr? Wenig Zeit, um einen passenden Ehemann zu finden und festzunageln.«

»Du bist zu bescheiden. Ich erinnere mich, daß immer ein paar Kandidaten im dunkeln gelauert haben.«

»Das ist richtig. Aber muß ich mich gleich einem von ihnen in die Arme werfen, weil – weil . . .«

Ich sprach nicht weiter. Er rauchte einige Züge, bevor er fragte: »Warst du sicher, daß ich überlebt habe?«

»Ziemlich – ziemlich sicher.«

Ich erwartete jetzt eine sarkastische Bemerkung, doch ich irrte mich. Er zog seine buschigen Augenbrauen zusammen und sagte ernst: »Du meinst, ich wäre verpflichtet gewesen, von mir hören zu lassen.«

»Nein«, erwiderte ich schnell. »Keiner von uns ist dem anderen gegenüber zu etwas verpflichtet.«

»Immerhin habe ich deinetwegen mein Leben riskiert.«

Wie in alten Zeiten, dachte ich erfreut, und nahm den verbalen Zweikampf auf. »Meinetwegen . . .? Aber mein Herr! Du warst der nächste auf der schwarzen Liste. Für dich galt: ›Fressen oder gefressen werden.‹ Wie es im Dschungel üblich ist.«

»Das ist die Frage. Ich schwimme wie ein Aal. Ich hätte dich deinem Schicksal überlassen und entkommen können.«

»Unsinn. Du hättest keine Minute Vorsprung gehabt.«

»Darüber ließe sich streiten.«

»Sicher. Wollen wir . . .«

»Was?«

»Streiten.«

»Lieber nicht.« Er war mit einem Waffenstillstand einverstanden. Und ich wußte aus Erfahrung, daß es im Umgang mit John praktischer war, die Vergangenheit auf sich beruhen zu lassen. Hätte ich ihm alles vorgeworfen, was er mir angetan hatte, wäre ich wütend geworden. Und das wollte ich vermeiden. Ich suchte seine Hilfe.

»In was für Schwierigkeiten bist du, mein Schatz?« fragte er vergnügt. »Ich wage nicht zu hoffen, daß du nur meiner schönen Augen willen das bewußte Inserat in die Zeitungen gesetzt hast.«

»In welcher hast du es gelesen?«

Er lachte. »Erwartest du, daß ich es dir sage und damit verrate, in welchem Land ich mich aufgehalten habe?«

»Man kann die TIMES auch in Berlin lesen, und den FIGARO in Zürich. Aber dein Mißtrauen ehrt mich.«

»Eins null für dich. Nun – da du die Frau bist, vor der ich die wenigsten Geheimnisse habe: Ich habe mir in Salzburg im Café Bazar alle erhältlichen Gazetten geben lassen. Und dein Hilferuf war unüberhörbar. Also – worum handelt es sich?«

Ich erzählte es ihm.

Er hörte gelassen zu, äußerte weder Staunen, noch Skepsis, noch Enthusiasmus. »Ist das alles, was du mir zu bieten hast? Ein fragliches Foto? Ein Umschlag ohne Absender?«

»Ein blutverschmierter.«

»Das ist wenigstens etwas. Aber auch nicht viel. – Und der Schmuck? Bist du sicher, daß er falsch ist?«

»Ja. Deshalb habe ich auch gleich an dich gedacht.«

»Wie schmeichelhaft!« Seine Stirn umwölkte sich. Es war aber nicht, wie ich zuerst vermutete, weil ich ihn gehänselt hatte. »Das Gold von Troja . . .! Weißt du, was mit ihm geschehen ist?«

»Nein.«

»Natürlich nicht. Das weiß niemand genau. Aber so viel weiß ich, daß es in einem Bunker unter dem Tiergarten gelagert war. Zusammen mit anderen Museumsstükken . . .«

»Das hat mir auch Schmidt erzählt.«

Er nickte. »Die Russen sind eingedrungen. Es soll ein Massaker gegeben haben. Niemand weiß Genaueres. Viele Kunstgegenstände sind verschwunden. Einige sind wiederaufgetaucht, andere nicht. Vieles kann für immer kaputtgemacht worden sein, vieles sich aber in Sicherheit befinden. Nämlich in Gewölben des Kreml.«

»Es gibt aber noch eine andere Möglichkeit«, wandte ich ein. »Jemand hat es heimlich aus dem Bunker geschafft und aus der Stadt. Das Gold von Troja nimmt nicht viel Platz ein. Schliemann konnte es in den Schal seiner Sophie einwickeln, als er es vom Ausgrabungsort getragen hat.«

»Möglich. Alles ist möglich.« Johns Stimme klang flach. »Aber deine Geschichte wirft zu viele Fragen auf, die sich nicht beantworten lassen. Warum hat jemand die

Fotografie an dich geschickt? Warum gerade an dich? Der Absender mag seine Gründe gehabt haben, keine Rückadresse anzugeben, aber warum hat er dich nicht mit zusätzlichen Informationen versehen? Warum hat er sich bis heute nicht mit dir in Verbindung gesetzt?«

»Vielleicht konnte er nicht. Vergiß nicht das Blut auf dem Umschlag. Er mag einen Unfall gehabt haben.«

»Einen Unfall mit Blutverlust. Der ihn aber nicht gehindert hat, den Brief in den nächsten Postkasten zu werfen. Zu viele lose Fäden. Sie ergeben keinen Sinn. Die Sache gefällt mir nicht.«

»Du bist also nicht interessiert?«

»Offen gestanden – nein.«

Seine glatte Ablehnung irritierte mich. Ich starrte ihn verärgert an. Er sagte leise und versöhnlich: »Gib es auf, Vicky. Du verschwendest deine Zeit.«

»Du willst mir also nicht helfen?«

»Nein.«

»Danke für die klare Auskunft.« Ich griff nach dem Türgriff. Seine Hand schloß sich über der meinen.

»Sei kein Spielverderber! Wir treffen uns doch nicht so oft. Ich lade dich zu einem Drink ein, und wir plaudern von alten Zeiten.«

»Nein, danke. Du kannst mich bei meinem Wagen absetzen. Er steht . . .«

»Ich weiß, wo er steht. Ein Audi, der keine zehntausend Kilometer drauf hat.«

»Aha. Du warst es also. Ich schicke dir die Rechnung von der Reparaturwerkstatt.«

»Die kann nicht hoch sein. Ich hab' nur mit ein paar Drähten herumgespielt.«

Ich schwieg böse. Auch er sprach nicht während der Fahrt. Er fuhr locker und summte vor sich hin. Er wirkte wie ein Mann, der mit sich und der Welt durchaus zufrieden ist, nachdem er eine lästige Pflicht erledigt hat. Er war höflich gewesen, seine Logik war unbestechlich. Es fehlte nur noch die Andeutung, ich hätte ihm die ganze Geschichte aufgetischt, um ihn aus seiner Versenkung hervorzulocken.

Ich hätte ihn erwürgen können.

Er fuhr nicht direkt zu meinem Wagen, sondern hielt in einem gewissen Abstand. »Ich nehme an, du willst nicht unbedingt in meiner Gesellschaft gesehen werden.«

»Oder du nicht in meiner«, gab ich zurück. Ich stieg aus und geriet mit dem rechten Fuß in feuchten Matsch, was meine Laune nicht verbesserte. »Wenn ich das Gold gefunden habe, gebe ich keine Inserate auf. Du wirst es in den Schlagzeilen lesen können.«

Er beugte sich über den Beifahrersitz und griff nach dem Griff. »Du willst die Sache also nicht aufgeben?«

Er hatte mich daran gehindert, die Wagentür zuzuschlagen. »Nein.«

»Es war ein gutgemeinter Rat.« Er furchte die Stirn. »Sag mal, weißt du irgend etwas, wovon du mir nicht berichtet hast?«

Jetzt spielte ich die Geheimnisvolle. »Es gibt da einige Kleinigkeiten. Aber die brauchst du nicht zu wissen. Du bist ja nicht interessiert.«

Zu meiner Überraschung holte er einen Notizblock und einen Stift aus der Manteltasche. »Ich werde mich bei meinen alten Bekannten umhören. Es gibt wenig, was sie nicht über Schmuck wissen – über echten und falschen – vorausgesetzt, er ist wertvoll genug.« Er kritzelte etwas auf den Zettel. »Du kannst mit mir in Kontakt bleiben. Auch wenn es sich nicht um trojanisches Gold handelt, sondern um ein Abendessen bei Kerzenschein. Mit anschließender Liebesnacht . . .«

»Danke, nein. Ich spare mich für Tony auf.«

»Wer ist Tony?«

»Ein alter Freund. Er fliegt über den Ozean, nur um Weihnachten mit mir zu verbringen. Er ist groß und dunkel und Professor an der Universität von Chicago.« Ich weiß nicht recht, warum ich weiterredete. Ich konnte es einfach nicht lassen, mit meinen Eroberungen zu prahlen. »Und falls Tony flachfällt, muß ich Dieters Angebot in Betracht ziehen. Er ist zwar kleiner als du, aber Kurator beim Antikenmuseum und hat viel Sinn für Humor. Mit ihm zusammenzusein, ist ein einziger Spaß.«

John reagierte, als müsse er ein Gähnen unterdrücken. »Der Wievielte auf der Liste bin ich?«

»Das weiß ich nicht aus dem Kopf. Ich brauche einen Taschenrechner.«

»Nimm das!« Er riß einen Zettel vom Block und reichte ihn mir.

»Deine Privatnummer?«

Er grinste. »Nein. Der telefonische Abrufdienst.« Damit schlug er die Wagentür zu und fuhr davon.

»Schuft!« rief ich ihm nach.

Eine Dame vor mir blieb stehen und drehte sich nach mir um. »So sind sie alle«, meinte sie resigniert.

9

Ich kam zu spät zur Arbeit, und Schmidt schimpfte mich aus. Natürlich nicht, weil ich eine Viertelstunde zu spät war, – es ärgerte ihn, daß ich ihn abgehängt hatte. Ich gab vor, seine Verfolgung nicht gemerkt und im Restaurant eines Kaufhauses zu Mittag gegessen zu haben.

Später, heimgekommen, machte ich einen Spaziergang mit meinem Dobermann. Der Arme verbringt so lange

Stunden allein zu Hause. Aber ich kann ihn in meiner Abwesenheit unmöglich ins Freie lassen, selbst wenn es nicht schneidend kalt ist. Jedes Geräusch läßt ihn wütend werden, was die Nachbarn stört – und es gibt keinen Zaun, über oder unter dem er nicht entweichen kann.

Während des Spaziergangs hatte ich Zeit zum Überlegen. Johns beiläufige Fragen hatten mich auf eine Spur gebracht. Bis zur Begegnung mit ihm hatte ich mir den Kopf zerbrochen, was die retuschierte Fotografie zu bedeuten hatte. John aber hatte vor allem wissen wollen, warum der mysteriöse Absender sie gerade an mich geschickt hatte.

Warum an mich?

Die naheliegende Antwort gab mir meine Eitelkeit. An wen denn sonst? Selbstverständlich an die berühmte Victoria Bliss, die geschätzte Kunsthistorikerin und gefeierte Amateur-Detektivin.

Unsinn!

Ich war keineswegs berühmt. Und hellenistische oder kleinasiatische Kunst war nicht mein Spezialgebiet. Nie hatte ich über diesen Themenkreis auch nur eine Zeile veröffentlicht.

Woraus ich schloß, daß der Absender mich nicht dem Namen nach kannte. Er kannte meine Person. Ich mußte ihm schon einmal begegnet sein. Aber wann, und wo?

Das vergebliche Grübeln irritierte mich. Ich beschloß, mich einer Tätigkeit zu widmen, die meine Gedanken ablenken würde. Seit Monaten hatte ich es immer wieder hinausgeschoben, den Stoß ungeordneter Papiere, der sich auf meinem Arbeitstisch gehäuft hatte, in Ordnung zu bringen. Nachdem ich Cäsar gefüttert und mir Schinken mit Ei zubereitet hatte, machte ich mich an die Arbeit.

Bezeichnenderweise fiel mir als erstes eine Rechnung aus einem Hotel in Rom in die Hände. Eine Rechnung für eine einzige Nacht – aber für ein Doppelzimmer. Deshalb konnte ich sie nicht zu dem Spesenkonto tun, denn ich wollte die ominöse Frage nach dem Doppelzimmer vermeiden. Die Erinnerung an die Nacht mit John zauberte ein Lächeln auf meine Lippen. Ich schämte mich deswegen und zwang mich sofort wieder zu einem schicklichen Ernst – obwohl außer Cäsar niemand dieses Lächeln hatte sehen können.

Ich hatte damals vorgehabt, John die Quittung zu präsentieren. Aber er war auf und davon und hatte es – wie schon so oft – mir überlassen, die Rechnung zu begleichen. Inklusive Zimmerservice für ein üppiges Souper und zwei Flaschen Champagner.

»Schuft!« rief ich.

Cäsar knurrte.

Ich warf die Rechnung wütend in den Papierkorb.

Dann bekam ich Broschüren über Rothenburg an der Tauber in die Hände. Tony und ich hatten dort einen Sommer auf der Suche nach einem Reliquienschrein von Riemenschneider verbracht. Die auftauchenden Erinnerungen waren zwar wieder romantisch, aber keineswegs harmlos. Der drohende mittelalterliche Turm, die Krypta um Mitternacht – und der starre Gesichtsausdruck des toten Grafen von Drachenburg, der uns aus dem Steinsarg entgegensah, den wir aufgebrochen hatten! Tony hatte sich an einer Lanzenspitze der toten Wächter verletzt, und sein Blut hatte mein schönstes Nachthemd beschmutzt – die Männer in meinem Leben hatten es nie leicht mit mir gehabt. Erstaunlich, daß sie mich nicht einfach mieden, sondern stets wiederkamen.

Tony hatte am Telefon sonderbar geklungen. Doch immerhin hatte er nicht irgendeinen Kongreß als Reisegrund vorgegeben, sondern offen gestanden, daß er meinetwegen nach Europa kam.

Wenn man in alten Papieren wühlt, stößt man unvermeidlich auf Erinnerungen, gute und schleche. Jetzt breitete ich einige Fotos vor mir aus, die ich vor einem Jahr aufgenommen und versäumt hatte, sie in ein Album einzukleben.

Garmisch-Partenkirchen! Kongreß der Internationalen Gesellschaft für die Studie mittelalterlicher Antiquitäten.

Das klang sehr gelehrt, aber die Seminare waren meist schwach besucht, denn das gute Wetter und die Schneeberge der Umgebung luden zum Skilaufen ein.

Wir waren eine Sechsergruppe, die es vorgezogen hatte, die eleganten Hotels von Garmisch zu verschmähen und einen malerischen Aufenthalt vorzuziehen. Dieter war es – zumindest schien mir, daß es Dieter gewesen war –, der ein reizendes kleines Hotel in einem Ort unweit von Garmisch empfahl. Es gab kein Transportproblem – die meisten von uns hatten eigene Wagen, und der Bus verkehrte regelmäßig, in kurzen Abständen.

Der Gasthof Hexenhut in Bad Steinbach war wirklich bezaubernd. Er stand auf einem Hügel – dem sogenannten Hexenhut –, und über der Tür stand die Jahreszahl 1765. Trotz des hohen Alters, das sich wohl nur auf die Fundamente bezog, war das Haus mit allem Komfort ausgestattet. Ich hatte die Fassade wiederholt fotografiert; die grünen Jalousien, die Holzschnitzereien unter der Traufe, die Blumen, die die Fenster umrahmten, und die Balkone mit den hölzernen Geländern, von denen man einen prächtigen Blick auf die Bergwelt ringsum hatte. In den Zimmern sorgten geheizte Kachelöfen für Behaglichkeit, und die Hotelküche war exzellent.

Auf einem Foto waren alle meine fünf Gefährten zu sehen, die ich vor dem Eingang gruppiert hatte. Tony ragte über die anderen wie ein Kirchturm. Dieter stand neben ihm, er hatte einen Arm zärtlich um Yvette gelegt. Damals waren die beiden unzertrennlich gewesen. Yvette arbeitet am Louvre in Paris, Rosa Bonatti an der Universität von Turin. Beide Frauen waren dunkel, doch im Charakter grundverschieden. Rosa ernst und intellektuell, Yvette heiter und leichtlebig. Die vier hatte ich schon früher gekannt, Jan Perlmutter aber erst bei diesem Kongreß kennengelernt. Er kam aus Ostberlin und hatte eine Figur wie eine der griechischen Statuen, für die sein Museum berühmt war. Er kannte Dieter aus Berlin und hatte sich unserer Gruppe angeschlossen. Er galt als hervorragender Kenner des Hellenismus, doch kehrte er nie den Fachmann hervor und hielt sich meist bescheiden im Hintergrund. Er war ein guter Gesellschafter und ein noch besserer Skiläufer.

Bei Rosa war es Liebe auf den ersten Blick, aber auch Yvette – obwohl mit Dieter liiert – blieb nicht unbeeindruckt von unserem Apollo aus der DDR. Ich kümmerte mich wenig um das Flirten der anderen; Tony und ich erneuerten unsere alte Freundschaft. Vielleicht wäre ich – ohne Tony – auch an Perlmutter interessiert gewesen, obwohl er mir temperamentlos und schwerblütig erschien. Eigentlich war ich verwundert gewesen, daß er an unserer lebhaften Gruppe Gefallen gefunden hatte.

Die Tage waren im Flug vergangen. Nach dem Ende des Kongresses beschlossen wir, noch etwas zu bleiben und uns zu amüsieren. Das bedeutete natürlich auch übertriebenen Alkoholgenuß. Die nächsten Fotos bewiesen es: Dieter, der die wild gestikulierende Yvette in einem Schneehaufen festhielt; Perlmutter und Rosa, die einem nicht sehr gut geglückten Schneemann mit Äpfeln Nase und Augen markierten. Tony, der mich durch die engen Straßen jagte, hatte ich nicht aufgenommen. Bei einer dieser wilden Verfolgungsjagden war ich auf einer Eisplatte ausgerutscht und hatte mir den Knöchel verstaucht. Die nächsten zwei Tage hatte ich meine Ruhe. Anfangs blieb ich im Bett, den schmerzenden Fuß hochgebettet, während meine wilden Gefährten Ski liefen.

Der Hotelwirt, ein Herr Hoffmann, kümmerte sich rührend um mich. Er schickte mir Früchte, Blumen und Wein aufs Zimmer und lieh mir seinen eigenen Stock. Der war wirklich sehenswert, knorrig und schwer und, vom abgerundeten Griff bis zur Zwinge, mit Metallemblemen geschmückt – Abzeichen der lokalen Wandervereine.

Mit Hilfe dieses Stockes konnte ich mich ganz gut bewegen, und später am Abend, während meine Gefährten die Nachtklubs von Garmisch unsicher machten, lud mich Hoffmann zu einem Cognac in seine Privatgemächer ein. Selbst wenn ich mich in meinem Hotelzimmer nicht schon gelangweilt hätte, wäre der Besuch in seiner Bauernstube – wie er sie nannte – durchaus lohnend gewesen. Es war nicht das, was ich eine Stube nennen würde, sondern ein ziemlich großer Raum, dessen Möbel einen erlesenen Geschmack bewiesen. An den Wänden hingen hübsche Stücke bayerischer Malerei, und der große Ofen mit den bemalten Kacheln besaß, wie er mir verriet, historischen Wert. Doch es war vor allem der enorme Bauernschrank, der meine Bewunderung erregte; er konnte mit jedem Exponat des Bayerischen Museums konkurrieren. Jeder Teil der Doppeltüren bestand aus einer mit Blumenmustern bemalten Tafel, und Herr Hoffmann erklärte mir den regionalen Ursprung der verschiedenen Verzierungen.

Als Hintergrundmusik legte Hoffmann eine Platte mit einem Brahms-Quartett auf. Wir waren allein, Frau Hoffmann befand sich im Krankenhaus in Garmisch. Aber eine Siamkatze schlich sich ins Zimmer, um uns Gesellschaft zu leisten. Sie hieß Clara – nach der Frau von Robert Schumann – und sprang ohne viel Umstände auf meinen Schoß, um sich kraulen zu lassen.

Es wäre ein gemütlicher Abend geworden, doch mein Gastgeber konnte nicht verhehlen, wie besorgt er über den Zustand seiner Frau war. Ich vermied es, nach der Art ihrer Krankheit zu fragen, und Hoffmann ging nicht auf das Thema ein. Er erwähnte nur, daß die beiden fast vierzig Jahre verheiratet waren. Ich versuchte, sein Alter abzuschätzen, doch das war nicht leicht. Er hielt sich wie ein weit jüngerer Mann, aber sein Haar war schneeweiß. Sein Gesicht zeigte wenig Falten, die Haut lag noch straff an den Knochen. Er war nicht das, was man einen gutaussehenden Mann nennt, und war wohl auch in seiner Jugend nicht hübsch gewesen, aber trotzdem eine ziemlich imponierende Erscheinung.

Als jetzt mein Blick auf das Abschiedsfoto fiel – Hoffmann vor dem Hoteleingang –, wußte ich mit einemmal, warum ich gerade an diesem Abend die alten Papiere herausgeholt hatte. Es war kein Zufall gewesen, ein unbewußter Instinkt hatte mich dazu gebracht. Lange genug hatte ich die Schriftzüge betrachtet, mit denen die Adresse des geheimnisvollen Briefes geschrieben waren. Ich suchte die Quittung der Hotelrechnung heraus. Ich fand sie mühelos; da meine Spesen ersetzt worden waren, hatte ich eine Kopie bei meinen Geschäftspapieren eingeheftet. Hotel Hexenhut hatte noch eine altmodische Buchhaltung gehabt. Kein Computer, die Rechnung war handgeschrieben. Herrn Hoffmanns steile, etwas eckige Handschrift. Sie glich der Schrift auf dem blutbeschmierten Umschlag.

Jetzt glaubte ich, Namen und Person des Absenders zu kennen. Meine Gedanken jagten wirr durcheinander. Ich war nicht allein im Hotel Hexenhut gewesen. Warum gerade ich . . .? Fünf weitere Empfänger kamen in Betracht.

Johns Frage – Warum gerade du? – bekam eine neue Dimension. Und neue Fragen tauchten auf, gemischt mit einem gewissen Mißtrauen. Warum hatte Tony es plötzlich so eilig, mich zu besuchen? Warum war Dieter unvermutet in meinem Büro aufgetaucht?

Hoffmann hatte mehr Zeit mit mir verbracht als mit den anderen. Aber er kannte alle fünf aus dem Hotelregister, auch ihre Adressen oder die der Institute, an denen sie beschäftigt waren.

Ruhig, Vicky, immer mit der Ruhe, sagte ich mir. Kein Grund, gleich verrückt zu spielen. Warum sollte Tony nicht über die Feiertage nach Europa kommen? Dieter hatte Ski-Dress getragen; wenn er in die Berge fuhr, war es nur logisch, daß er mir in München einen Besuch abstattete.

Andererseits – wer sagte mir, daß nicht noch andere aus unserer Gruppe sich in München befanden? Ich mußte an den Mann im Bayerischen Museum denken, von dem Gerda behauptet hatte, er folge uns. Ich kannte Jan Perlmutter nicht sehr gut, und den betreffenden Mann hatte ich nur einen Augenblick lang in der Menge verschwinden sehen. Ich erinnerte mich nur an sein Profil und die Hakennase ... War es Jan Perlmutter gewesen oder nur ein beliebiger Kunstfreund? Litt die gute Vicky Bliss an Halluzinationen?

Nervös suchte ich nach dem Zettel, auf dem John die Telefonnummer notiert hatte. Ich wählte.

Erst meldete sich niemand, dann eine schläfrige Mädchenstimme. Sie fragte, wem der Anruf galt.

»John Smythe«, antwortete ich. Das war der Name, den John mir zuletzt genannt hatte. Ich mußte buchstabieren.

Längere Pause. Dann wieder die schläfrige Stimme: »Tut mir leid. Wir haben keinen Klienten dieses Namens.«

Ich wollte schon den Hörer auf die Gabel werfen. Doch

ich war sicher, daß John sich keinen Scherz erlaubt hatte. Ich bezwang mich, überlegte und sagte dann: »Vielleicht Schmidt. Hans oder Johannes . . .«

Wieder eine längere Pause. Dann fragte die Frau: »Ihre Nachricht, bitte.«

»Keine.«

Verärgert legte ich auf. Im gleichen Augenblick läutete die Türklingel. Cäsar sprang auf, heulte wie der Hund von Baskerville und sauste zur Haustür. Er ist sehr ungestüm. Gleich darauf meldete mir ein Krachen und Klirren, daß sich die schöne chinesische Vase, die in der Diele steht, in einen Scherbenhaufen verwandelt hatte.

Es war Schmidt. Er kam herein und wich mit einer gewandten Bewegung, die an einen erfolgreichen Torero gemahnte, der stürmischen Begrüßung des Dobermanns aus.

»Es ist zu spät, Sie zu einem Abendessen einzuladen«, entschuldigte er sich. »Aber für einen Drink ist es nie zu spät.«

Schmidt hat ein weiches Herz. Er konnte es nicht verwinden, daß er mich am Nachmittag angepfiffen hatte, und schlug einen Versöhnungstrunk vor. Ich bat ihn herein, nahm ihm Mantel und Pelzmütze ab und rettete einen seiner Handschuhe aus Cäsars Zähnen. »Draußen tobt ein Schneesturm«, sagte ich, »und ich denke nicht daran, in ganz Grünwald nach einem Lokal zu suchen, das noch offen hat. Aber wenn Sie mit einem kalten Bier vorliebnehmen . . .«

Er schüttelte sich. »Nichts Kaltes, bitte. Ich bin durchfroren. Ich sehne mich nach einem heißen Kaffee.«

Ich war einverstanden. »Ich kann selbst einen brauchen. Wie der Dichter sagt: Heiß wie mein Herz und schwarz wie die Seele Jagos.«

Als ich aus der Küche kam, stöberte er in meinen Fotografien. Diskretion ist eine Eigenschaft, die er nur aus der Literatur kannte.

»Die haben Sie mir nie gezeigt«, warf er mir vor.

»Wäre ich dazu verpflichtet gewesen?«

Diesen Einwand beachtete er nicht. »Die sind vom vorigen Jahr. Vom Kongreß in Garmisch.«

»Richtig geraten.«

»Tony macht einen blöden Eindruck. War er betrunken?«

»Es ist sehr kalt. Deshalb ist seine Nase rot.«

»Und Yvette . . .! Die schöne Yvette! Aber die Farbe ihrer Skihose paßt nicht zu ihrem Haar.«

»Ich werde ihr das nach Paris schreiben.«

In diesem Ton ging es weiter. Schmidt kennt alle Leute, die mit Kunstgeschichte zu tun haben. Er liebt es, an Kongressen teilzunehmen, und hätte ihn nicht eine schwere Grippe ans Bett gefesselt, wäre er natürlich mit uns in Garmisch gewesen.

»Wer ist dieser Schönling? Ach ja, Perlmutter vom Antikenmuseum.«

»Genau.«

»Ich habe ein ausgezeichnetes Personengedächtnis«, bemerkte er in seiner bescheidenen Art. »Ich vergesse nie ein Gesicht, das ich einmal gesehen habe. Ich kenne ihn aus Dresden, wir haben dort zusammen studiert, aber das ist schon einige Zeit her.« Er runzelte die Stirn und betrachtete die letzte Fotografie. »Und wer ist das?«

»Das ist das Hotel, in dem wir gewohnt haben.«

»Ich spreche nicht vom Haus, sondern von dem Mann. – Warten Sie einen Moment, sagen Sie's nicht. Ich werde mich gleich an den Namen erinnern. Ich vergesse kein Gesicht.«

»Den kennen Sie nicht. Keiner vom Fach. Der Hotelbesitzer.«

»Kommt mir aber bekannt vor.«

»Jetzt übertreiben Sie aber. Sind Sie vom Erkennungsdienst?«

»Ich muß sein Gesicht schon irgendwo gesehen haben. In Garmisch wahrscheinlich . . .«

»Das Hotel ist gar nicht in Garmisch, sondern . . .«

»Egal. Wie heißt der Mensch?«

»Hoffmann.«

»Hoffmann . . . Ich kenne mehrere Hoffmanns. Aber der ist nicht unter ihnen. Trotzdem – das Gesicht kommt mir bekannt vor.«

Ich glaubte ihm nicht, hielt es für pure Wichtigtuerei. Hätte ich geahnt, daß er nichts als die Wahrheit sagte, wäre ich interessiert gewesen und hätte versucht, ihn festzunageln.

Wir tranken den heißen Kaffee, und ich öffnete eine Flasche Wein. Wir knabberten Kekse und Salzbrezeln. Cäsar hechelte gierig. Obwohl ich es Schmidt wiederholt verboten hatte, fütterte er ihn heimlich. Es war schon gegen Mitternacht, als das Telefon klingelte.

Schmidt machte eine anzügliche Bemerkung, die ich ignorierte.

Ich ahnte, wer der Anrufer war, und meine Ahnung trog mich nicht.

»Du hast vorhin angerufen«, sagte John.

»Ich habe keine Nachricht hinterlassen.«

Er lachte. »Ich erkenne deine Stimme, auch wenn ich sie nicht hören kann.«

»Du hättest mir wenigstens sagen können . . .« Ich wollte ihm vorwerfen, daß er mir nicht mitgeteilt hatte, unter welchem seiner Namen er beim Abrufdienst registriert war, aber ich hielt inne, denn ich merkte, daß mein neugieriger Chef dem Gespräch mit viel Interesse folgte.

»Ich habe meine Verbindungen spielen lassen«, berichtete John. »Aber kein Echo. Nichts. Funkstille.«

»Das ist aber schnell gegangen.«

»Tüchtigkeit ist einer meiner besten Charakterzüge.«

»Einer deiner wenigen guten.«

Er kicherte. Schmidt starrte jetzt mit unverhohlener Neugier zu mir und dem Telefon hinüber. »Du hast aber schlechte Laune, Vicky. Und ich habe Dankbarkeit erwartet.«

»Du bist – du bist . . .«

Ich hielt mich zurück, um ihm nicht zu sagen, was ich von ihm dachte.

»Du sprichst gehemmt«, meinte er vergnügt. »Verzeihung, aber ich habe vergessen, dich zu fragen, ob du vielleicht Besuch hast.«

»Ich habe.«

»Wer ist der Glückliche?«

»'s ist Schmidt«, zischte ich.

Jetzt sprang mein Chef auf. »Wer ist es? Jemand, den ich kenne? Jemand, der mich sprechen will?«

»Ruhe!« knurrte ich ihn an. Und gleich darauf, in den Hörer: »Nein, nein. Ich habe nicht dich gemeint.«

John lachte. »Paß auf, ich ruf dich morgen wieder an. Vielleicht ergibt sich etwas Neues.«

»In Ordnung.« Ich legte den Hörer auf.

»Wer war das?« wollte Schmidt wissen.

»Ein alter Freund«, antwortete ich.

»Sie haben aber nicht sehr freundlich geklungen.«

Ich zuckte die Achseln. »Er ärgert mich oft.«

Damit mußte sich Schmidt zufriedengeben. Bald darauf ging er. Er bestand noch darauf, daß ich ihn am nächsten Tag – er hatte den Angestellten des ›Gräfe‹ freigegeben – begleitete, um Weihnachtseinkäufe zu machen.

Ich sagte zu, um mir Fragen und eine Auseinandersetzung zu ersparen. Denn ich war entschlossen, am nächsten Morgen nach Bad Steinbach zu fahren.

10

Gegen neun Uhr hatte ich alles, was ich brauchte, im Kofferraum verstaut und fuhr los. Die Sonne brach gelegentlich durch die Wolken, aber sie konnte die Luft nicht erwärmen. Die Seitenstraßen waren rutschig, manchmal geriet man auf Eisplatten. Ich zog es aber vor, nicht auf der Hauptstraße zur Autobahn zu fahren. Ich mußte mich konzentrieren, vorsichtig zu steuern und gleichzeitig den Rückspiegel im Auge zu behalten.

Schmidts Wagen hätte ich sofort erkannt. Ebenso das Auto von Dieter; es war – soweit ich mich erinnerte – ein Sportwagen, dessen grüne Lackierung mit roten Hasen übermalt war. Dieter hielt die Verzierung für komisch.

Ich sah weder den Wagen von Schmidt noch den Mercedes von John noch rote Hasen. Niemand verfolgte mich. Beruhigt schlug ich den Weg zur Autobahn ein, dann lehnte ich mich gemächlich zurück und gab Gas. Kein Schnee, kein Eis, ich konnte aufs Tempo drücken.

Hätte ich ein schlechtes Gewissen haben müssen, weil ich keinen meiner Kollegen angerufen und gefragt hatte, ob ihm eine gleiche Fotografie zugeschickt worden war? Ich sprach mich frei. Ich war ja auch von niemandem telefonisch befragt worden.

Schmidt hatte gesagt: »Wenn es nur die kleinste Chance gibt, daß das Gold von Troja auftaucht, wäre es die Sensation des Jahrhunderts.« Nun – er neigte zu Übertreibungen. Doch sicher war jemand, dem es gelang, den verlorenen Schatz aufzutreiben, mit einem Schlag berühmt und sein Name weltweit geehrt und gepriesen. Und wer glaubt, daß unter Kunsthistorikern der Konkurrenzneid geringer ist als unter Filmschauspielern und Schlagersängern, der irrt.

Yvette war ein schlaues Luder, aber zu wenig energisch, um auf eigene Faust etwas zu unternehmen. Rosa Bonatti sprach nicht gut genug deutsch, um unauffällig zu recherchieren. Blieben die Männer. Daß Dieter bei seinem Besuch nichts von der Fotografie erwähnt hatte, bewies nicht, daß er sie nicht erhalten hatte. Tony war kein Typ, der schnell reagierte. Er würde warten, bis ich die Sache als erste erwähnte. Wir waren zwar schon gemeinsam hinter verschollenen Kunstwerken hergewesen, aber seine Devise war stets gewesen: ›Ich bin raffinierter als du, und ich werde es dir beweisen.‹ Ich hatte keinen Grund zu der Annahme, er sei in der Zwischenzeit bescheidener geworden.

Jan Perlmutter arbeitete in der DDR. Das bedeutete praktisch, daß er für ihre Regierung arbeitete. Wenn das Gold von Troja dem Ostblock durch die Lappen gegangen war, würde ihren Leuten mehr als anderen daran gelegen sein, es aufzuspüren, und dem glücklichen Finder würden Privilegien zuteil werden, von denen seine Landsleute nur träumen konnten.

Inmitten all dieser Überlegungen gab es aber einen schwarzen Fleck. Das war Hoffmann selbst. Der freundliche alte Herr mit dem erlesenen Geschmack, was Möbel und Musik betraf, war sicher kein Witzbold, aber auch kaum ein Hehler, der mit gestohlenen Kunstwerken handelte. Was aber steckte hinter dem geheimnisvollen Foto? Ich mußte es herausbekommen, deshalb verließ ich mich nicht auf Post und Telefon, sondern fuhr nach Bad Steinbach, um ihn zu befragen.

Wieder ein Blick in den Rückspiegel. Kein verdächtiges

Auto hinter mir. Allerdings würde John sicher einen Wagen benutzen, den ich nicht kannte. Ich gab mir stets Mühe, ihn richtig einzuschätzen, statt ihn zu romantisieren. Wann immer er auf der Szene erschien, benahm er sich keineswegs wie der Held aus dem Märchen. Richtig, er hatte mich unter Einsatz seines Lebens vor einem sicheren Tod gerettet. Aber schließlich ging es – wie ich ihm unter die Nase gerieben hatte – auch um sein eigenes kostbares Leben. Und diesmal hatte er als erstes mein Auto kaputtgemacht, um mich in der Trambahn in den Hintern zu kneifen, und mich mit gelassener Überlegenheit behandelt, wie jemand, der sich an ein amüsantes Spielzeug erinnert. Meine Bitte um Hilfestellung hatte er glatt abgeschlagen. Vielleicht war es eine Lüge gewesen, daß er an der Sache nicht interessiert sei. Doch wenn er Interesse hatte, dann für seine eigenen Zwecke. Ich traute ihm nicht. Sicher war er kein Partner, aber vielleicht ein Rivale.

Ein schneller Wagen überholte mich und fuhr dann so knapp vor meinen Kühler, daß er mich zum Bremsen zwang. Mein Herz schlug schneller. Doch am Steuer saß eine grauhaarige Dame, die mich keines Blickes würdigte, sondern rücksichtslos weiterraste.

Die Straßen von Garmisch waren voller Touristen. Ich schlängelte mich mit Mühe durch. Bei der Ausfahrt kreuzten einmal Kühe meinen Weg, und Kühe haben in Bayern ›Vorfahrt‹. Ich ließ mir Zeit. Ich erreichte die Abzweigung nach Bad Steinbach.

Die Autostraße wand sich in Serpentinen die Vorberge hinauf. Die Schatten der hohen Fichten wechselten mit weiten, schneebedeckten Wiesenflächen. Die Bergspitzen erhoben sich zackig gegen einen strahlend blauen Himmel. Ich wünschte, meine Gemütsverfassung wäre der Heiterkeit der Landschaft angemessen. Doch je mehr ich mich Bad Steinbach näherte, desto mehr wuchs meine Besorgnis.

Die Ortschaft liegt auf einer mittelgroßen Hochfläche, die ringsum von Hügeln eingesäumt wird. Die engen Straßen führen meist radial zum Hauptplatz mit der Kirche. In der Mitte des Platzes steht ein großer Brunnen mit dem Standbild von Sankt Emmeram, der bis zu seiner Ermordung bemüht war, den heidnischen Bayern das Christentum nahezubringen. Der Brunnen sprudelte kein Wasser, und der Bart des Heiligen war mit Eiszapfen bedeckt.

Der Kirche gegenüber, auf einem Hügel, steht das Hotel Hexenhut. Hinter dem Haus befindet sich ein Parkplatz, der aus Platzmangel in den Felsen gehauen werden mußte. Ich stellte den Wagen ab und ging ins Haus.

Auf den ersten Blick dachte ich, ich hätte einen falschen Gasthof betreten. Die Halle war umgebaut worden. Modernisiert. Die bequemen Fauteuils mit den geblumten Überzügen hatten schwarzen Ledersesseln Platz gemacht. Die Rezeption aus wuchtigem Fichtenholz war durch eine glänzende Plastikstruktur ersetzt worden.

Herr Hoffmann saß nicht, wie ich es gewohnt gewesen war, hinter dem Pult. Statt dessen stand dort ein Mann, den ich nicht kannte. Ein jüngerer Mensch, breitschultrig und mit unfreundlichen Zügen, die nicht der Vorstellung entsprachen, die man sich gemeinhin von einem Empfangschef macht. Er trug keine schwarze Jacke, auch kein Trachtenkostüm, sondern ein bunt bedrucktes Hemd.

Auch im Restaurant waren Veränderungen vorgenommen worden. Die Tische standen enger beieinander, um Raum für mehr Gäste zu gewinnen, und die neue Bar war ein Monstrum aus Glasblöcken, über denen bunte Lichter hingen.

Ich bestellte ein Bier und aß ohne Appetit eine Kleinigkeit. Herr Hoffmann war nirgends zu sehen. Ich hatte ein ungutes Gefühl. Unter seiner Ägide wären die geschmacklosen Umbauten und Veränderungen sicher nicht vorgenommen worden. Ich zerpflückte die Rose aus Kunststoff, die meinen Tisch schmückte. Ich mußte an den blutbeschmierten Briefumschlag denken, und konnte ein banges Gefühl nicht unterdrücken.

Ich zahlte der Kellnerin, die in ihrem Dirndl-Kostüm ihre Brüste ziemlich offen zur Schau trug, und ging wieder in die Halle. Ich trat zum Empfangschef. Er schien betroffen zu sein. Hatte er angenommen, ich hätte das Haus längst verlassen?

Er musterte mich von Kopf bis Fuß, was mich irritierte. »Möchten Sie ein Zimmer, Fräulein? Wir sind zwar ausgebucht, aber wenn eine Reservation storniert wird . . .«

»Sie waren letztes Jahr nicht hier«, unterbrach ich ihn.

»Nein.« Er hatte die Hemdsärmel aufgerollt, seine Unterarme ließen kräftige Muskeln sehen. »Das ist nicht mein Beruf, müssen Sie wissen. Ich helfe bloß aus. Wenn Sie also ein Zimmer wünschen . . .«

»Nein, danke. Ich möchte Herrn Hoffmann sprechen.«

»Das wird leider nicht möglich sein.«

»Und warum nicht?«

»Ich muß Ihnen leider mitteilen, daß Herr Hoffmann nicht mehr am Leben ist.«

Ich hatte es erwartet. Trotzdem versetzte mir die Nachricht einen leichten Schock. »Oh, wie traurig! Wann ist es passiert?«

»Vor zwei Wochen.«

»War er lange krank . . .?«

»Er war nicht krank. Es war ein Unfall. Er ist von einem Auto überfahren worden.« Er beugte sich über die Theke zu mir. »Sind Sie – waren Sie mit dem Verblichenen befreundet?«

»Nicht direkt befreundet – ich war vor einem Jahr Gast im Hotel. Er war sehr nett zu mir, als ich mir den Fuß verstauchte . . .«

»Vielleicht wollen Sie Frau Hoffmann sprechen . . .?« schlug er vor. Damit kam er meinem Wunsch zuvor. Ich nickte, und er griff nach dem Telefon.

Er wandte sich ab, als er sprach, und dämpfte seine Stimme. Ich beugte mich vor und versuchte zu hören, was er sagte. Täuschte ich mich? Ich glaubte zu verstehen: »Sie ist hier.«

War meine Ankunft erwartet worden?

Er teilte mir mit, daß Frau Hoffmann mich gern empfangen würde. Er wollte mir den Weg zeigen, aber ich kannte den Korridor, der in die Privatgemächer der Besitzer führte. Ich war neugierig, Frau Hoffmann kennenzulernen, denn sie war zweifellos die Frau auf der Fotografie, die den Schmuck von Troja trug.

Dem war nicht so. Als ich den Raum betrat, in dem ich mit Hoffmann geplaudert und das Brahms-Quartett gehört hatte, stand ich einer jungen Frau gegenüber, die ohne die Vulgarität ihrer Züge ausnehmend hübsch gewesen wäre. Sie war nicht die Frau auf dem Foto, doch ich hatte das Gefühl, sie schon einmal gesehen zu haben.

»Frau Hoffmann . . .?« fragte ich unsicher.

»Ja.« Sie bat mich näherzutreten und bot mir dann Platz an. »Sie waren mit Herrn Hoffmann gut bekannt . . .?«

»Nicht sehr gut. Aber er war sehr freundlich zu mir. Sie waren damals in Garmisch im Krankenhaus, wenn ich nicht irre . . .« Ich glaubte keinen Moment daran. Das konnte nicht dieselbe Frau sein.

»Im Krankenhaus . . .? Das war nicht ich. Das war die erste Frau meines Mannes. Sie ist vorigen Jänner gestorben.«

»Oh . . .« Jetzt wurde mir einiges klar. Aber nicht alles.

»Sie sind Miß Bliss, nicht wahr?«

Ich hatte es vermieden, an der Rezeption meinen Namen zu nennen. Woher kannte sie ihn? Verwirrt starrte ich sie an.

»Sie waren doch Gast im Hotel. Und im Restaurant . . .« Sie lächelte.

Jetzt wußte ich auch, warum sie mir gleich bekannt vorgekommen war. Die Friedl! Sie war Kellnerin gewesen. Eines jener einheimischen Mädchen im schicken Dirndl, deren Brüste appetitlich aus dem enggeschnürten Mieder quollen. Ich hatte ihr keine besondere Beachtung gezollt, aber die männlichen Gäste hatten alle ein Auge auf sie geworfen. Auch Dieter, soweit ich mich entsann, und Yvette hatte ihn deswegen erst gehänselt und ihm später Vorwürfe gemacht.

Friedl. Die allseits beliebte Friedl. Erst Kellnerin, dann die Frau des Chefs, dann Witwe. Alles in einem Jahr. Ein steiler Aufstieg.

»Ja, jetzt erkenne ich Sie auch, Frau Hoffmann. Sie sind die – die . . .« Es widerstrebte mir, sie so zu nennen wie die Männer, die um sie herumscharwenzelt waren.

Sie lächelte immer noch. »Die Friedl«, sagte sie freundlich.

Im Dirndl hatte sie mir besser gefallen. Sie hatte ein breites, offenes Gesicht mit roten Wangen, ihr Haar war zu Zöpfen geflochten gewesen. Jetzt war es kurz geschnitten und gebleicht. Sie trug ein elegantes Kostüm, das eine Menge Geld gekostet haben mußte. Ihre Züge waren strenger geworden, und das Rot auf ihren Wangen war nicht mehr natürlich, sondern aufgetragenes Rouge. Grämte sie sich über den plötzlichen Tod ihres Mannes?

Ich sah mich um. Sie hatte sichtlich alles getan, um jede Erinnerung an ihre Vorgängerin auszumerzen. Der Raum war gemütlich gewesen, voller erlesener Möbelstücke;

Teppiche waren über dem Parkett gelegen. Die Perser waren verschwunden, ebenso der faszinierende Bauernschrank. Jetzt bildete ein violetter Bodenbelag einen Farbkontrast zu weißlackierten Einheitsmöbeln aus Skandinavien.

Ich fragte: »Sie sind jetzt also die neue Wirtin?«

»Ja.« Sie antwortete scharf, als wäre meine bloße Frage eine Herausforderung gewesen. »Aber ich schaff es schon. Ich habe zahlreiche Verbesserungen vorgenommen.«

Es fiel mir nicht leicht, diese ›Verbesserungen‹ nicht zu kritisieren. »Das Personal war gut eingespielt«, murmelte ich.

»Ich habe die meisten entlassen.« Sie warf einen Blick zur Tür, die anscheinend in einen Nebenraum führte. »Aber Freddy – der Mann an der Rezeption – ist mir eine große Hilfe. Er ist mein – mein Vetter.«

Ich nickte verständnisvoll. Sie bot mir einen Sherry an, den ich akzeptierte. Ich hielt es für das Klügste, möglichst wenig zu reden und ihr die Initiative zu überlassen. Sie verlor keine Zeit.

»Haben Sie – bevor er verunglückte – eine Nachricht von meinem Mann bekommen?«

Ich tat so unschuldig wie möglich. »Warum . . .? Hat er mir denn geschrieben?«

Sie wich meinem Blick aus. »Ich – ich weiß nicht recht. Wahrscheinlich nicht. Aber warum sind Sie denn gekommen?«

»Ich war gerade in der Nähe. Herr Hoffmann war so freundlich zu mir, daß ich dachte, ich sollte vorbeischauen und ihn begrüßen.«

»Ich verstehe. Er – er hat oft von Ihnen gesprochen.«

»Tatsächlich?«

»Ja, wirklich. Er schätzte Sie sehr. Eine reizende

Dame, sagte er, und so intelligent. Sie wüßten soviel. Und Sie hätten über so viele interessante Dinge gesprochen.«

»Ja, das ist richtig.«

Sie beugte sich vor, ihre Augen verengten sich zu einem Schlitz. »Worüber eigentlich . . .?«

»Über viele Dinge. Vor allem Kunst und Kunstgeschichte. Antiquitäten . . .« Ich machte eine Pause, aber sie reagierte nicht. Also fuhr ich fort: »Bücher, Musik. Brahms, Schumann – er hat doch seine Katze Clara genannt. Ich hoffe, sie ist wohlauf.«

»Wer . . .? Ach so, die Katze.« Sie verzog das Gesicht. »Ich habe sie weggegeben. Ich mag Katzen nicht. Sie ruinieren die Bezüge.«

»Tja – entweder man hat Tiere oder heikle Möbel.«

»Hat er sonst noch etwas erwähnt?«

Wäre sie mir nicht so unsympathisch gewesen, hätte sie mir leid tun können. Sie versuchte mich auszuhorchen, aber sie ging so plump vor, daß sie mehr verriet, als sie in Erfahrung bringen konnte.

Ich sagte: »Sie haben dieses Zimmer neu möbliert.«

»Ja. Das alte Zeug ist mir auf die Nerven gegangen. Ich bin mehr für das Moderne.«

Normalerweise hätte ich es für geschmacklos gehalten, die Hinterlassenschaft eines Mannes zu erwerben, der kaum zwei Wochen tot ist. Doch in diesem Fall hatte ich keine Hemmungen, und sagte zur jungen Witwe: »Wenn Sie die alten Möbel nicht verkauft haben, wäre ich an ihnen interessiert.«

»Sie meinen, Sie würden sie kaufen?«

»Ja, das meine ich.«

»Alle?«

Ich zögerte. »Ich müßte die Sachen nochmals ansehen, bevor ich meine Wahl treffe. Aber ich erinnere mich an einen großen Bauernschrank, der mir besonders gefiel . . .«

Sie beäugte mich mißtrauisch, sagte aber nichts.

»Geschmäcker sind verschieden«, scherzte ich. »Sie sind für das Moderne. Ich liebe Antiquitäten. Schließlich bin ich Kunsthistorikerin . . .«

»Ich habe alles schon verkauft.«

Sie hatte sich wenig Zeit gelassen, alles, was dem Ehepaar Hoffmann lieb und teuer gewesen war, aus dem Haus zu schaffen. Wieder warf sie einen Blick auf die Tür im Hintergrund. Jetzt hörte man ein Geräusch aus dem Nebenzimmer. Ein Stuhl war verrückt worden . . .

Ich folgte ihrem Blick. »Oh, Sie haben Besuch. Tut mir leid, wenn ich störe. Sie hätten mir sagen sollen . . .«

»Nein, nein. Dort ist niemand. Es muß – es muß die Katze gewesen sein.«

Die Katze, die sie weggegeben hatte . . .

Mit einemmal hatte ich den Wunsch, so schnell wie möglich aus dem Hexenhut fortzukommen. Die Atmosphäre war bedrückend. Die nervöse Witwe, die Geräusche aus dem Nebenzimmer. Ich erhob mich, vielleicht etwas brüsk.

»Ich habe Sie lange genug aufgehalten, Frau Hoffmann. Vielleicht können Sie mir sagen, an wen Sie die antiken Stücke verkauft haben. Ich würde ein Angebot machen.«

Auch sie stand auf. Sie bat mich nicht, länger zu bleiben. Anscheinend war sie froh, mich schnell loszuwerden. Sie nannte bereitwillig einen Namen und gab mir eine Adresse. Dann geleitete sie mich zur Tür.

Als ich die Halle durchquerte, warf ich einen Blick auf den Empfang. Vetter Freddy stand nicht hinter der Theke.

11

Bad Steinbach ist nicht groß. Jede Adresse ist binnen Minuten zu erreichen.

Beim Brunnen blieb ich einen Moment stehen, um meine Gedanken zu ordnen. Die Geschehnisse hatten eine überraschende Wendung genommen.

Friedl und Freddy waren ein sonderbares Gespann. Hatte Friedl die Affäre mit ihm erst nach dem Tod ihres Mannes begonnen oder ...? Ich unterbrach meinen Gedankengang. Ich war voreingenommen, ohne Zweifel. Aber ich mochte diese Friedl so wenig, wie diese die Katze Clara. Und sie hatte sich immerhin verdächtig genug benommen. Sie schien zu wissen – oder zumindest zu vermuten – daß Hoffmann sich mit mir in Verbindung gesetzt hatte.

Hatte dieser Freddy im Nebenzimmer gelauscht? Hatten die beiden meinen Besuch wirklich erwartet? Wußte Friedl von der Fotografie, die ihre Vorgängerin mit dem Schmuck von Troja zeigte? War der Schmuck, um den sich so viele Geheimnisse woben, tatsächlich echt? Das wäre die einzige Erklärung für alles, auch für Friedls merkwürdiges Verhalten.

Sie hatte den Verdacht, daß Hoffmann mir geschrieben hatte, war aber ihrer Sache nicht sicher. Also hatte nicht sie den Brief in den Briefkasten geworfen. Aber wer dann? Hoffmann selbst? Hatte er sich mit letzter Kraft zum Briefkasten geschleppt? Obwohl er blutete ...? Nach einem tödlichen Unfall ...?

Nein, das konnte ich nicht glauben. Das war selbst für die Fantasie der Rosanna-Autorin zuviel.

Ich seufzte und wischte mir den Schneestaub von der Hose. Ich bog vom Marktplatz in eine der schmalen Gassen ein, die in die Richtung der Hügel führten. Ich mußte nicht lange suchen, dann stand ich vor einem kleinen Antiquitätenladen. Über dem Eingang und einem schmalen Schaufenster hing ein Schild: F. Müller – Holzschnitzerei. In der Auslage lockten kleine Skulpturen aus Holz prospektive Käufer an. Tierfiguren, Heilige, eine Miniatur des Marktbrunnens. Volkskunst.

Als ich die Türe öffnete, klingelten Glöckchen. Es roch anheimelnd nach Holz und Leim und Pfeifentabak. Wie in der Werkstatt meines Großvaters, in der ich glückliche Stunden meiner Kindheit verbracht hatte. In der Tür, die zweifellos zur Werkstatt führte, erschien jetzt ein alter Mann. Er war nicht groß, aber seine breiten Schultern füllten fast den Türrahmen aus. Seine kräftigen Hände waren von dicken Adern durchzogen. Er sah mich durch dicke Brillengläser an und nahm eine Pfeife aus dem Mund, deren Kopf am Ende eines langgeschwungenen Rohrs mit einem Deckel verschlossen war.

Ich erklärte ihm, wer ich war und was ich wollte. Er lud mich mit einer Handbewegung ein, in die Werkstatt zu kommen. Mein erster Blick fiel auf ein bunt bemaltes Brett, das an der Wand lehnte. Ich erkannte eine Tür des Bauernschranks.

»O Gott«, rief ich bestürzt, »was ist mit dem schönen Schrank geschehen?«

Mein unverhohlener Kummer gefiel dem alten Mann; von diesem Augenblick an behandelte er mich wie eine Gleichgesinnte.

»In solchen Teilen habe ich den Schrank im Hof des Hotels gefunden. Als Brennholz. Ich konnte die Teile für ein Trinkgeld kaufen und will sie restaurieren und zusammensetzen.«

Ich sagte offen, was ich von der jungen Frau Hoffmann hielt, in möglichst gewählten Worten, denn ich fürchtete, der alte Holzschnitzer würde es mißbilligen, wenn eine

Dame obszöne Worte gebrauchte. Er widersprach mir nicht, sondern unterdrückte ein Lächeln. »Nehmen Sie's nicht so tragisch, Fräulein. Der Schaden läßt sich reparieren. Ich werde die einzelnen Teile ausbessern und den Schrank zusammensetzen. Würden Sie ihn immer noch kaufen wollen?«

»Jederzeit.«

Ich fragte nicht einmal nach dem Preis. Ich wollte kein Geschäft machen, sondern ein Kunstwerk retten. Hatte Friedl ihren Mann derart gehaßt, daß sie ein teures Erinnerungsstück vernichtete? Oder hatte sie den Schrank zerlegt, um ein eventuelles Versteck ausfindig zu machen?

»Was ist mit dem Rest der Möbel geschehen?« wollte ich wissen.

»Die hat ein Händler aus Garmisch gekauft. Er war bereit, mehr zu zahlen als ich.« Wieder betrachtete er mich prüfend durch die dicken Gläser. »Sie sind Amerikanerin, nicht wahr?«

»Ja.« Hatte mich mein Akzent verraten? Aber woher konnte er wissen, daß ich nicht vielleicht aus England kam?

»Und Sie arbeiten in München in einem Museum?«

Erstaunlich! Ganz Bad Steinbach schien auf mein Kommen gewartet haben.

»Ja.«

Er nickte. »Das gelehrte Fräulein, von dem mir Herr Hoffmann erzählt hat. Sie haben den Brief also bekommen.«

Ich starrte ihn an. »Also, Sie haben ihn mir geschickt . . .?«

»Nein. Ich habe ihn nur aufgegeben. Das ist nicht dasselbe. Aber setzen Sie sich doch, Fräulein.«

Er mußte gemerkt haben, daß ich nicht sicher auf den

Beinen stand. Der Stuhl, den er mir hinschob, war hart, aber ich war froh, sitzen zu können. Ich stammelte: »Wie ist alles passiert?«

»Da ist nicht viel zu erzählen. Es war Nacht, und ich habe noch gearbeitet. Ich habe Herrn Hoffmann erwartet; er hatte gesagt, daß er mich aufsuchen würde. Da hörte ich das Kreischen von Bremsen und einen Schrei. Der Wagen hielt nicht an; man sagte mir später, er sei mit Vollgas weitergefahren, Richtung Garmisch. Ich lief auf den Platz, aber andere waren vor mir da und umringten ihn. Ich drängte mich durch. Anton lag im Schnee, blutend. Ich beugte mich über ihn, rief seinen Namen. Er erkannte mich, konnte aber nicht sprechen. Er schob mir den Brief zu, den er in der Hand hielt.«

Er klappte den Deckel der Pfeife auf und klopfte die Asche aus dem Kopf. »Ich wußte, was er von mir erwartete. Wir waren alte Freunde.« Er räusperte sich. »Er starb auf dem Weg ins Krankenhaus.«

Danach schwiegen wir beide eine ganze Weile. Dann murmelte ich: »Wenigstens ein Mensch, der um ihn getrauert hat.«

»Oh, er hatte viele Freunde.«

»Aber die Witwe . . .«

Herr Müller spie in den Spucknapf. Es war ein altertümlicher Spucknapf aus Messing, wie man ihn sonst nur in Filmen sieht. »Alte Männer, denen die Frau stirbt, wissen oft nicht, was sie tun. Hoffmann war gewiß kein Narr, aber das Alleinsein machte ihn verrückt. Ein Mann braucht eine Frau – und sie wußte das auszunützen.«

Ich zweifelte nicht an Friedls Geschicklichkeit und Raffinement. »Sie haben den Brief also aufgegeben?«

»Sicher. Es ist sozusagen sein letzter Wunsch gewesen . . .«

»Und wissen Sie, was er enthielt?«

Er schüttelte den Kopf. »Ich öffne keine Briefe, die nicht an mich adressiert sind. Aber ich habe auf dem Umschlag Ihren Namen gelesen. Den kannte ich. Er hat wiederholt von Ihnen gesprochen.«

»Was hat er gesagt?«

»Daß er bedaure, nicht vierzig Jahre jünger zu sein.« Etwas verlegen fuhr er fort: »Er sagte, dann würde er nach München fahren, um Sie zu sehen – und – na ja . . .«

Ich schämte mich, aber ich konnte nicht verhindern, daß mir die Tränen kamen. Ich konnte kaum sprechen. »Vielleicht – wenn er wirklich vierzig Jahre jünger gewesen wäre . . . Er hat mir gut gefallen.«

»Er war ein hochgebildeter Mann. Nicht wie ich, ich habe bloß die Volksschule besucht. Trotzdem – es gefiel ihm, hier bei mir zu sitzen und mit mir zu plaudern. Wir beide liebten die schönen Künste. Und nichts erbitterte ihn mehr als die willkürliche Zerstörung von Kunstwerken. Er erzählte mir von zerbrochenen Statuen und verbrannten Bildern. Von Barbaren, die Geschmeide einschmolzen, um Gold zu gewinnen . . .«

Er unterbrach sich, denn ein blaugrauer samtener Körper war unter einer Bank hervorgekrochen und auf den Arbeitstisch gesprungen.

»Das ist doch die Katze von Herrn Hoffmann!«

»Ja. Clara.«

»Wie Clara Schumann – die große Liebe von Brahms. Ich bin froh, daß sie bei Ihnen ist. Frau Hoffmann sagte, sie hätte sie weggegeben, und ich fürchtete schon . . .«

»Keine Angst. Ich hätte nie erlaubt, daß sein Liebling schlecht behandelt wird.«

Die Katze schien sich an mich zu erinnern, denn sie kam an den Tischrand zu mir und ließ sich kraulen.

»Sie vermißt ihren Herrn«, sagte Müller, »und ich bin

kein Katzenfreund. Wir lieben einander nicht, aber wir respektieren uns.«

»Das ist das Äußerste, was Sie von einer Siamkatze erwarten können«, sagte ich. Ich gab ihm meine Karte, und er versprach, mich zu benachrichtigen, wenn der Schrank fertiggestellt wäre.

Aus dem Laden hörte man die Glöckchen bimmeln.

»Die Mittagszeit ist vorbei«, sagte Müller, »ich muß mich um meine Kunden kümmern.«

Ich verabschiedete mich und ging. Ich verließ den Laden verwirrter als ich ihn betreten hatte. Als ich den Marktplatz erreichte, fragte ich mich unwillkürlich, an welcher Stelle Hoffmann sterbend im Schnee gelegen hatte. War es nur ein makabrer Zufall, daß er gerade den Brief an mich aufgeben wollte, als ihn sein Schicksal ereilte?

12

Mittagszeit. Als ich den Parkplatz erreichte, merkte ich, daß ich hungrig geworden war. Ich überlegte gerade, ob ich in Bad Steinbach essen oder nach Garmisch fahren sollte, als ich etwas sah, was mich zu bleiben bewog. Erstaunlich nahe von meinem Wagen hatte ein Mercedes geparkt, den ich nur zu gut kannte.

Das Restaurant des Hotels hatte einen speziellen Eingang, ich mußte nicht durch die Halle. Da saß Schmidt in seiner vollen Größe, falls man bei ihm von Größe sprechen konnte. Der Tisch war voll mit diversen Gerichten, die teils bereits verzehrt, teils im Begriff waren, gegessen zu werden. Er winkte mir fröhlich zu. »Der beste Tisch«, rief er triumphierend. Und dann, auf einen Stuhl ihm gegenüber zeigend: »Ich habe Ihnen einen Platz reserviert. Einen Fensterplatz.«

»Sagen Sie nicht, daß Sie mir gefolgt sind«, erwiderte ich. »Wie kommen Sie hierher?«

Er winkte jetzt der Kellnerin. Sie kam an seinen Tisch, als ob er ein Stammgast wäre. »Was wollen Sie haben?« fragte er mich. »Die Surhaxn ist als Entree durchaus zu empfehlen.«

»Daran zweifle ich nicht.« Ich bestellte nur ein Hauptgericht und Kaffee. Auf dem Tisch standen genug Speisen, um ein Regiment zu versorgen. Ohne Skrupel bediente ich mich an den aufgetischten Vorspeisen. Er protestierte, aber ich erklärte ihm, es sei zu seinem Besten. Er esse ohnehin viel zuviel. »Denken Sie an Ihren Bauch, Chef.« Ich fischte ihm ein verlockend aussehendes Würstchen von seiner Gabel fort. »Sie haben meine Frage noch nicht beantwortet.«

Er strahlte über das ganze Gesicht. »Einfache Schlußfolgerungen. Brillante Detektivarbeit.«

»Bescheidenheit ist eine Zier«, gab ich zurück. »Drükken Sie sich etwas genauer aus.«

»Ich habe den Mann auf der Fotografie erkannt«, prahlte er. »Ich hab' doch gesagt, daß ich ihn schon einmal gesehen habe. Sie glauben mir zwar nicht, aber ich vergesse nie einen Namen oder ein Gesicht. Als ich von Ihnen nach Hause fuhr, begann ich zu überlegen. Er mußte mit Kunstgeschichte oder mit Antikem zu tun gehabt haben, sonst hätte ich ihn nicht gekannt. Und dann fiel mir das Stichwort ein: Troja!«

Ich versuchte ihn zu unterbrechen, doch es war zwecklos. Seine Selbstzufriedenheit brachte ihn in Schwung, und seine Stimme wurde immer lauter. »Ich hätte gleich daran denken müssen. Troja. Anton Hoffmann hatte Artikel über Troja geschrieben. Ich suchte alte Fachzeitschriften heraus – und fand, was ich suchte. Der Mann war in den dreißiger Jahren im Stab von Professor Curtius gewesen, bei den Ausgrabungen in Kleinasien. Die Hefte waren illustriert, es gab ein großes Gruppenfoto der Expeditionsteilnehmer. Da stand er, direkt neben Curtius. Natürlich viel jünger, aber unverkennbar derselbe Mann. 1939 bekam er eine Dozentur für hellenische Kunst . . .«

Seine Stimme hatte sich im Triumph gesteigert. Das halbe Restaurant drehte sich nach ihm um und lauschte seinen verzückten Worten. Ich nahm einen Sellerie vom Teller mit den Beilagen und schob sie ihm in den Mund.

Schmidt schwieg gekränkt. Er haßt Sellerie wie jede gesunde Nahrung.

»Zum Teufel, Schmidt, muß denn jeder Mensch in Bad Steinbach Bescheid wissen? Sie hätten nie herkommen dürfen. Man verdächtigt mich bereits, und Sie verschlimmern noch die Situation.«

Er biß ein Stück Sellerie ab und schluckte es widerwillig. »Wenn ich etwas falsch gemacht habe, ist es Ihre Schuld. Sie haben mich im Glauben gelassen, das Hotel sei in Garmisch . . .«

»Hab' ich nicht.«

»Egal. Ich kenne doch die Leute, die voriges Jahr den Kongreß organisiert haben. Ich mußte mich doch bei ihnen für mein Ausbleiben entschuldigen. Nun – die erinnerten sich, daß Sie und Ihre Freunde in Bad Steinbach gewohnt hatten. Und da es hier nur ein einziges Klassehotel gibt . . . Also, das Hexenhut! Ich habe Sie gleich, nachdem ich rasiert war, angerufen . . .«

»Wie rücksichtsvoll!«

»Ich telefoniere nie unrasiert mit Damen. Aber niemand hat geantwortet.«

»Cäsar hat noch nicht gelernt, den Hörer abzunehmen.«

»Sie haben das arme Tier unverantwortlicherweise allein gelassen . . .«

»Brechen Sie nicht gleich in Tränen aus. Ich habe Karl gebeten, nach Feierabend bei mir vorbeizuschauen und Cäsar zu füttern und mit ihm spazierenzugehen. Nichts tut er lieber, und er hat einen Hausschlüssel. Cäsar liebt ihn so wie Sie, nur kann er ihn bei der Begrüßung nicht umwerfen.« Karl hat nämlich Gardemaß. »Sie haben also herausbekommen, daß Hoffmann über Troja und seine Schätze besser Bescheid wußte als jeder andere. Ich gratuliere.«

»Eigentlich sollte ich mich Sherlock Schmidt nennen.« Ich fragte mich, ob er das ernsthaft in Betracht zog.

»Ich habe Sie unterschätzt, Schmidt. Ich bitte um Verzeihung. Jedenfalls weiß ich jetzt, was für eine Beziehung der bayerische Hotelier zu dem Schmuck von Troja hatte. Ich bin gestern nacht dahintergekommen, daß Hoffmann es gewesen ist, der mir den Brief geschickt hat. Ich war so aufgeregt, daß ich Hals über Kopf davongefahren bin, ohne Sie zu verständigen . . .«

»Das ist der Unterschied zwischen uns«, warf er mir vor. »Ich fahre hinter Ihnen her, und Sie fahren von mir weg.«

»Sie haben ganz recht. Nochmals – es tut mir leid. Aber die Situation ist komplizierter als Sie denken. Hoffmann fiel einem Unfall zum Opfer. Das Blut auf dem Umschlag ist seines.«

»Ich weiß, ich weiß.« Er beruhigte mich. »Sie können sicher sein, daß ich mit äußerster Vorsicht vorgehe. Ich habe ihr zum Beispiel nichts davon gesagt, daß mir dieser Unfall sehr verdächtig vorkommt . . .«

»Ihr . . .? Wem . . .?«

»Frau Hoffmann natürlich. Besser gesagt – der zweiten Frau Hoffmann.«

»O Gott! Sie haben mit ihr gesprochen?«

»Aber natürlich. Eine hübsche Person. Eine reizende Frau. Der Büffel am Empfang wollte mich zuerst gar nicht zu ihr führen . . .«

»Oh, verdammt! Jetzt weiß auch Freddy Bescheid.«

»Freddy . . .?«

»Ja, der Büffel.«

»Sie nennen ihn Freddy. Stehen Sie mit ihm auf vertrautem Fuß? Nun, warum sollte er nicht wissen, daß ich die Chefin zu sprechen wünschte? Die Arme ist in einem bedauernswerten Zustand. Sie hat gerade ihren Mann verloren und . . .«

»Schmidt, Sie sind ein großes Kind. Diese arme Frau hat Hoffmann des Geldes wegen geheiratet und will den trojanischen Schmuck um jeden Preis für sich behalten. Sie weiß nur nicht, wo er ist. Genausowenig wie wir. Sie hat uns im Verdacht, ebenfalls hinter den Juwelen herzusein. Mit Recht, übrigens. Und Freddy, der Büffel, ist ihr Liebhaber und Komplize.« Und ich berichtete ihm vom Bauernschrank und was mir Herr Müller über den Unfall erzählt hatte.

Schmidt rieb sich die Hände. Was ich ihm erzählte, war ganz nach seinem Geschmack. »Besser als die Abenteuer von Rosanna!« rief er. »Lebensnah!«

»Um Gottes willen – was haben Sie Frau Hoffmann verraten?«

»Nichts. Sie wissen doch, wie verschwiegen ich bin. Ich habe ihr so lange den Hof gemacht, bis sie mir ein Bild der ersten Frau Hoffmann gezeigt hat. Ich habe die Verstorbene sofort erkannt . . .«

»Natürlich. Die Frau auf der Fotografie.«

»Genau. Aber ich habe nicht mit der Wimper gezuckt. Ich habe nur gesagt, daß die jetzige Wirtin viel jünger und hübscher ist als die alte.«

Ich fragte mich, ob Friedl auf seine plumpen Schmeicheleien hereingefallen war. Ich zweifelte daran. Sie war zwar nicht die Klügste, aber sicher war sie schlau. Selbst eine Dümmere hätte merken müssen, daß er sie auszufragen versuchte, und die Tatsache, daß Schmidt sich mit mir getroffen hatte, mußte den Verdacht bestätigen. Selbst wenn Freddy diesmal nicht im Nebenzimmer gelauscht hatte.

Ich wollte so schnell wie möglich nach Hause fahren, aber Schmidt war dagegen. Es gefiel ihm in Bad Steinbach über alle Maßen.

»Eine kleine Stadt voller Geheimnisse!« rief er. »So was habe ich mir immer schon zu Weihnachten gewünscht.«

Wir standen auf dem Parkplatz und konnten zu keiner Einigung kommen, als ich einen Mann meinen Namen rufen hörte. »Miß Bliss, Miß Bliss!«

Es war Freddy. Er kam aus dem Hotel gelaufen und erreichte mich atemlos bei meinem Wagen.

»Gut, daß Sie noch nicht gefahren sind, Miß. Ich habe eine Nachricht für Sie. Von Frau Hoffmann . . .«

»Was für eine Nachricht?«

»Eine Tiroler Hochzeitstruhe . . .«

»Was ist mit ihr?« fragte Schmidt voreilig.

»Herr Hoffmann hatte sie einem Freund geschenkt. Vielleicht wird er sie Ihnen verkaufen wollen.«

»Und wo wohnt dieser Freund?« verlangte Schmidt zu wissen. Ich hoffte, es würde Timbuktu oder Lhasa sein, damit ich ihn überreden könnte, sofort dorthin zu fliegen.

»Nicht weit von hier. Nur ein paar Kilometer . . .« Er erklärte uns bereitwillig den Weg.

»Ich weiß, wo das ist. Ich kenne mich in der Gegend aus.« Schmidt war schon auf dem Weg zu seinem Mercedes, während Freddy ins Haus zurückging. »Sie bleiben dicht hinter mir, Vicky . . .«

»Moment mal, Schmidt.«

Zu spät. Er saß schon am Steuer seines Wagens und fuhr los. Mir blieb nichts übrig, als ihm zu folgen. Wäre ich allein gewesen, hätte ich Friedls ›Vetter‹ noch eine Menge Fragen gestellt, aber schließlich wäre ich wohl genauso in die angegebene Richtung gefahren. Ich erinnerte mich gut an die Truhe; ich hatte das Prachtstück vor einem Jahr gebührend bewundert. Allerdings zweifelte ich daran, daß sie den Schatz von Troja enthielt.

Einige Kilometer – das bedeutet wenig auf der Autobahn. Auf Gebirgsstraßen ist das anders. Der Anfang des Weges war nicht schlecht, die Straße asphaltiert und die Kurven gut ausgebaut. Schmidt fuhr, als hätte er Angst, jemand könne ihm zuvorkommen. Er kannte den Weg tatsächlich, nach einer Weile bog er abrupt in eine Seitenstraße ein, die steil in die Höhe führte. Der Schneepflug hatte im Matsch eine schmale Furche freigelegt. Man konnte weder wenden noch seitlich ausweichen; ich betete, daß uns kein Wagen entgegenkäme. Auf beiden Seiten begrenzten hohe Schneehügel die Fahrbahn. Gelegentlich zweigte ein Seitenweg ab, der zu einem am Berg klebenden Bauernhaus führte. Doch keiner war freigeschaufelt. Nirgendwo war eine lebende Seele zu sehen.

Die Situation mißfiel mir immer mehr, und schließlich begann ich mir Sorgen zu machen. Die Straße – wenn man sie so nennen wollte – führte in Serpentinen immer höher, und einmal – nach einer unvermuteten Kurve – konnte ich einen Blick auf Bad Steinbach werfen. Es lag tief, sehr tief unter uns – direkt unter einem steilen Abhang.

Der Anblick beruhigte mich nicht. Ich drückte auf die Hupe. Schmidt betrachtete es nicht als Warnung, sondern als fröhliche Aufforderung, unseren Weg schneidig fortzusetzen. Er antwortete mit einem Hupkonzert, und der

Mercedes verschwand um eine weitere Biegung; sein Heck wand sich wie der Nabel einer Bauchtänzerin. Noch einige Serpentinen – und dann weitete sich zu meiner Erleichterung der Weg; er mündete in eine Art Plateau. Gutgelaunt gab Schmidt Gas – und dann geschah, was ich schon seit langem befürchtet hatte. Sein Wagen begann zu schleudern, fuhr einige Meter im Zickzack und geriet gegen die rechte Schneebank. Doch auf der Linken war kein Schneehaufen mehr, der ihn aufhalten hätte können. Der Rand des Plateaus lag offen – offen gegen den Abgrund.

Instinktiv trat ich auf die Bremse, und instinktiv nicht zu hart, um nicht meinerseits ins Trudeln zu geraten. Schmidt versuchte den Mercedes abzufangen, aber es gelang ihm nicht. Hatte man an ihm manipuliert, während wir im Restaurant gesessen hatten? Zum Glück stand eine große Fichte am Rand des Abhangs, und das Auto krachte gegen den Stamm, sonst wäre es über die Hügelkante geflogen und in die Tiefe gestürzt.

Das häßliche Knirschen klang noch in meinen Ohren, da war ich schon aus meinem Wagen und lief zum Wrack. Der Mercedes stand quer, die beiden Vorderräder nicht mehr am Boden; sie drehten sich noch.

Schmidt lag über dem Lenkrad, die Sonnenstrahlen spiegelten sich auf seiner Glatze. Natürlich hatte er sich nicht angeschnallt. Die Wagentüre klemmte nur leicht, mit einem Ruck bekam ich sie auf. Ich packte ihn am Mantelkragen ...

Die Kugel prallte von der hinteren Stoßstange ab; es klang wie eine helle Glocke. Das Echo kam von der Bergwand. Bevor es noch erstarb, knallte der zweite Schuß. Eine Scheibe zersplitterte. Aber schließlich würde der Schütze treffen. Es gab zu viele leichte Ziele. Schmidt, ich, der Benzintank ... Als ich verzweifelt den schweren

Körper aus dem Wagen zerrte, hörte ich das Tröpfeln einer Flüssigkeit. Verdammt, der Tank war geborsten. Jetzt roch ich auch das Benzin.

Das Schreck verlieh mir unerwartete Kraft. Schmidt fiel aus dem Wagen in den Schnee. Ich stürzte beinahe mit ihm, vermochte mich aber auf den Füßen zu halten. Jetzt konnte ich ihn bei beiden Mantelaufschlägen packen und ziehen, so fest ich konnte. Wenn wir nicht aus der Gefahrenzone waren, wenn der Tank explodierte, würden wir geräuchert werden wie Heringe.

Herrgott, war er schwer! Ich konnte ihn kaum vom Fleck bewegen; meine Stiefel drohten im Matsch zu versinken. Das Heck des Mercedes verschwamm vor meinen Augen. Dämpfe, Hitze –? Wieviel Zeit blieb mir noch?

Wieso war nicht weitergeschossen worden?

Keine Zeit zu überlegen! Ich bewegte mich zwar, hatte aber nicht das Gefühl, vorwärts zu kommen. Die Entfernung zum Wrack schien sich nicht zu vergrößern. Ich mußte mich mit meiner Bürde hinter einem Schneehaufen in Sicherheit bringen. Unmöglich – ich würde Schmidt nicht heben können. Ich warf einen Blick zum Wrack. Sah eine Feuerzunge . . .

Er streifte mich zwar nur, als er ankam, aber meine Knie waren butterweich, und ich fiel um. Er warf den reglosen Schmidt über seine Schulter und über den Schneehaufen. Zu mir rief er: »Nicht hinsetzen! Auf . . .!«

Eine starke Hand packte mich und riß mich hoch. Ich sah noch Schmidt durch die Luft segeln wie einen Weihnachtsmann, der vom Schlitten fällt. Ich landete kopfüber im Schnee und versuchte mich einzugraben wie ein Tier in Gefahr.

Dann gab es einen großen Krach, und helle Flammen loderten empor . . .

13

Die Echos der Explosion dauerten unglaublich lange.

Als sie schließlich erstarben, riskierte ich einen Blick. Dicht neben mir sah ich das Gesicht von Schmidt. Mit von der Kälte geröteten Wangen glich er mehr denn je einem Gartenzwerg. Blutspuren zeichneten auf seiner Stirn originelle Muster. Aber seine Augen waren geöffnet, und als er mich sah, verzog er seine aufgesprungenen Lippen zu einem Lächeln.

Ich packte ihn bei den Ohren und küßte ihn auf seine rote Nase und seinen grinsenden Mund. »Schmidt, Sie verrückter alter Ziegenbock! Sind Sie in Ordnung? Wie konnten Sie nur so unglaublich töricht sein ...?«

Er kicherte. Eine wohlbekannte Stimme meinte sarkastisch: »So etwas heißt in Büchern Liebesekstase ...«

Ich rollte mich herum. John saß mit dem Rücken gegen eine Masse festgefrorenen Schnees gelehnt und rauchte eine Zigarette. Er trug einen Skidress in Tarnfarben.

»Danke«, sagte ich förmlich, »danke, daß du unsere Leben gerettet hast.«

»Bei dir war es ja nicht das erste Mal«, bemerkte er jovial. Er wollte aufstehen, aber ich streckte den Arm aus und packte ihn am Fußknöchel. »Vorsicht, John. Da ist ein Mann mit einem Gewehr ...«

»Nicht mehr. Er ist verschwunden, als ich aufgetaucht bin. Trotzdem möchte ich meine Zeit nicht mit Plaudern verschwenden, statt herauszufinden, welcher deiner zahlreichen Feinde seinen Auftrag so kläglich verpatzt hat. Bitte entschuldige mich.«

»Warten Sie, warten Sie«, rief Schmidt und wand sich im Schnee. »Ich habe Fragen – viele Fragen ...«

John winkte ab. »Später, später ...«

Meine Mutter hat mir beigebracht, in jeder Situation die Formen zu bewahren. »Darf ich vorstellen: Schmidt – Schmidt . . .«

Mein Chef grunzte vor Vergnügen. »Mr. Smythe, wenn ich nicht irre? Ich wollte Sie schon lange kennenlernen. Ich freue mich außerordentlich . . .«

»Das Entzücken ist ganz auf meiner Seite«, erwiderte John höflich. Er befreite sanft, aber bestimmt seinen Knöchel, den ich noch immer umklammert hielt, und erhob sich geschmeidig. »Vicky, dein Schützling braucht einen Arzt.«

Fort war er.

Ich hörte noch das Anlassen eines Motors. Er war die ganze Zeit hinter mir her gewesen. Ich war derart auf den schwierigen Weg fixiert gewesen, daß ich auf keine verfolgenden Autos geachtet hatte.

Der Rest des Mercedes ging langsam in Flammen auf. Ich mußte dem humpelnden Schmidt zu meinem Wagen helfen. Der Motor war abgestorben, als ich gebremst hatte, doch er sprang sofort wieder an.

Ich lieferte Schmidt beim Kurarzt von Bad Steinbach ab; dann suchte ich die Landpolizei auf.

Dort erzählte ich pflichtgemäß von den beiden Schüssen, aber – wie ich erwartet hatte – nahm man die Sache nicht besonders tragisch.

»Zum Glück ist ja niemand getroffen worden«, meinte der freundliche Inspektor. »Wahrscheinlich hat ein Jäger . . .«

»Ein Jäger?« rief ich. »Das muß ein kurzsichtiger Jäger sein, der einen Mercedes für eine Gemse hält.«

»Mein liebes Fräulein – in Schweden beißen jedes Jahr Dutzende Jäger ins Gras, die von ihren Kollegen für einen Elch gehalten werden.«

Davon hatte ich auch gelesen. Ich ließ mich auf keine

Debatte ein, um so mehr ich die Indizien, auf denen mein Verdacht beruhte, ohnehin verschweigen wollte.

Schmidt war noch glimpflich davongekommen. Wahrscheinlich hatten ihn die Fettlagen geschützt, mit denen sein Körper gepolstert war. Eine Prellung und eine zerschnittene Stirn waren alles, was der Arzt diagnostizieren konnte. Die Rippe wurde mit Leukoplast fixiert, die Stirn verbunden. Schmidt bedauerte, nicht völlig mit Bandagen umwickelt zu werden wie die Leinwandhelden in Sensationsfilmen. Auf dem Heimweg machten wir Station in Garmisch, und Schmidt lud mich in das teuerste Restaurant ein. Weder seine Wunden noch der Verlust des Mercedes dämpften seinen Appetit. Nachdem er eine Leberknödlsuppe und einen Rehrücken mit Preiselbeeren vertilgt hatte, erklärte er sich gestärkt genug, um die nächsten Schritte zu diskutieren.

»Es gibt keine nächsten Schritte«, unterbrach ich ihn energisch. »Ich fahre Sie nach Hause und bringe Sie ins Bett.«

Er bestellte eine Schwarzwälder Kirschtorte und rieb sich die Hände. »Endlich habe ich ihn zu Gesicht bekommen – den berühmten John Smythe.«

»Den berüchtigten John Smythe«, verbesserte ich. »Und was haben Sie schon gesehen? Eine Ski-Maske.«

»Ich hätte ihn sofort erkannt. Wer sonst würde uns als *deus ex machina* vom Flammentod erretten? Aber Sie, Vicky, – Sie haben mich wieder einmal betrogen. Sie waren nicht erstaunt, ihn zu sehen. Sie haben die ganze Zeit gewußt, daß er noch am Leben ist. Sie haben ihn getroffen, ihr habt euch geliebt . . .«

»Schmidt, schämen Sie sich! Man könnte glauben, Sie seien eifersüchtig . . .«

Er schmollte nicht länger. »Es war bezaubernd, wie Sie mich geküßt haben.«

»Ich mag Sie eben, Sie alter Bock.« Wider Willen mußte ich lächeln.

»Immer beschimpfen Sie mich«, beschwerte er sich, »selbst wenn ich im Sterben liege. Sie werfen mir den Unfall vor, aber ich kann doch nichts dafür, wenn ein Schurke meine Reifen zerschießt. Ich bin glänzend gefahren, ohne Zwischenfall, bis . . .«

»Sie sind wie ein Verrückter gefahren, wie immer. Haben Sie sich nicht denken können, daß man uns in eine Falle gelockt hat?«

»Nein. Ich bin mit Absicht so schnell gefahren, damit uns der Kerl mit den fetten Armen nicht zuvorkommen kann.«

»In seinem Fall ist es kein Fett, es sind Muskeln. Und wer die richtige Abkürzung kennt – einen Gebirgspfad – erspart sich alle Serpentinen und ist schneller als jedes Auto.«

»Und wir können diesem Freddy nichts nachweisen. Er mag uns wirklich in aller Unschuld eine Nachricht von Frau Hoffmann hinterbracht haben.«

Die Ankunft der Torte machte unseren Erörterungen ein Ende.

Schmidt hatte Bier getrunken, ich nur Kaffee. Folgerichtig schlief er auf der Heimfahrt ein, ich aber war hellwach. Schmidt war bei meinen Nachforschungen ein Klotz am Bein; ich überlegte, wie ich ihn mir vom Leibe halten könnte, ohne ihn zu verletzen.

Im Moment konnte ich für ihn nichts weiter tun, als ihn nach Hause und zu Bett zu bringen. Ich wünschte ihm gute Nacht und fragte mich, ob er nach seiner Mahlzeit würde schlafen können.

Ich hatte eine Vorahnung, daß die Ereignisse dieser Nacht noch nicht zu Ende wären. Nachdem ich Cäsar ins Freie geführt hatte, war Mitternacht schon vorbei. Das

Telefon klingelte nicht, enttäuscht ging ich zu Bett und begann zu lesen.

Der Dobermann hat bessere Ohren als ich. Er lag auf dem Boden meines Schlafzimmers. Plötzlich sprang er auf und ließ ein kurzes, scharfes Bellen hören. Dann lief er zum Fenster und nahm – mit gehobener Vorderpfote – Alarmstellung ein.

Ich löschte das Licht, bevor ich das Fenster öffnete. Der Garten lag weiß und still unter den hohen Bäumen. Sie warfen lange Schatten, und er glich einem von ihnen. Doch dieser Schatten bewegte sich.

Er sprang am Balkon hoch und schwang sich über die Brüstung. Cäsar kannte ihn zum Glück, sonst hätte er ihn nicht ins Haus gelassen. Aber er winselte immer noch, als seine Arme mich umfingen und unsere Lippen sich trafen.

14

Professor Freud hätte gewußt, warum ich in jener Nacht von Babys träumte. Ihre Köpfe staken in einem Wall von Schnee, aufgereiht wie in einem Schießstand. Eines wurde von einem Schneeball getroffen und begann zu jaulen . . .

Das Geräusch weckte mich. Es war der Dobermann, der jaulte. Ich hatte verschlafen, und die Zeit für seinen gewohnten Spaziergang war längst vorbei.

John schlief noch. Nur seine Nasenspitze ragte aus der Bettdecke hervor. Ich beugte mich über ihn. Er murmelte etwas Unverständliches, wachte aber nicht auf. Kein Wunder, er hatte einen anstrengenden Tag hinter sich – und eine anstrengende Nacht.

Ich glitt aus dem Bett und griff nach dem teuren Negligé, das ich mir als Weihnachtsgeschenk gekauft hatte. Es taugte nichts, es war zu kalt. Ich begnügte mich mit meinem alten Wollschlafrock und stellte die Heizung an. An einen Spaziergang war nicht zu denken. Ich öffnete die Tür zum Garten und ließ Cäsar ins Freie, in der Hoffnung, er würde, wenn er Hunger hatte, zurückkommen, ohne größeres Unheil angerichtet zu haben.

Ich kochte starken Kaffee und legte Semmeln, Butter und Marmelade auf ein Tablett. Als ich es ins Schlafzimmer trug, saß John aufrecht im Bett. Sein Haar war diesmal blond, seine Oberlippe ohne Bärtchen. War er jetzt das Original? Der echte John Smythe – oder welchen Namen er im Moment trug? Wie mochte sein wirklicher Name lauten? Egal – Name ist Schall und Rauch, sagt der Dichter.

Er zwinkerte mir zu und begann Kaffee zu trinken. »Ausgezeichneter Service. Ich sollte öfter hier absteigen.«

»Und keine Hotelrechnungen«, ergänzte ich. »Obwohl du Hotelrechnungen ohnehin nicht zu zahlen pflegst . . .«

»Oho – habe ich dir das Geld, das du in Paris ausgelegt hast, nicht überwiesen?«

»Nicht, daß ich wüßte.«

». . . muß ich übersehen haben.«

Er zog die Bettdecke bis zum Kinn hoch. Ich mußte lachen. »Schämst du dich deiner Nacktheit? Bei diesem Stand unserer Beziehungen . . .«

»Ich weiß gar nicht, was Schamgefühl ist. Mir ist einfach kalt.«

»Ich hab' die Heizung eingeschaltet. Es dauert ein paar Minuten, bis sie sich bemerkbar macht.«

»Und willst du so lange in deinem Wollzeug warten?«

»Natürlich nicht.« Ich ließ den Schlafrock fallen und setzte mich auf die Bettkante. Das war vielleicht ein Fehler. Oder aber genau das Richtige.

Er beklagte sich nicht mehr über Kälte. Und als ich schließlich aus dem Bett krabbelte, war der Raum bereits überheizt. Ich öffnete einen Fensterflügel. Draußen heulte Cäsar.

»Ich muß den Hund hereinlassen. Die Nachbarn werden sich beschweren.«

»Nicht bei mir.«

»Cäsar hat sich sofort an dich erinnert.«

»Warum nicht? Ich bin unvergeßlich.«

»Und abscheulich. Ich dachte wirklich, daß du mir kein Wort glaubst. Und denkst, ich hätte die ganze Geschichte erfunden, um dich in meine Arme zurückzulocken.«

Er protestierte lachend. »Hast du das wirklich angenommen? Nun, ich hatte sichtlich genug Vertrauen zu dir, um dir nach Bad Steinbach zu folgen. Zum Glück für dich!«

»Da gebe ich dir recht. Und dein Eingreifen war höchst effektvoll. Aber warum hast du so getan, als wärst du nicht interessiert?«

»In der Hoffnung, du würdest die Schatzsuche sein lassen. Ich hatte einen Riecher, daß die Sache gefährlich werden könnte.«

»Und, genügen dir die gestrigen Geschehnisse als Beweis?«

»Durchaus. Eine dumme Fotografie ist eine Sache – und versuchter Mord eine andere. Selbst skrupellose Verbrecher töten nicht, wenn man ihre Pläne nicht ernsthaft gefährdet. Sag mal, was hast du mit deinem komischen Weihnachtsmann in Bad Steinbach angestellt?«

Cäsars Heulen war unterdes so lautstark geworden, daß man ein hungerndes Wolfsrudel in meinem Garten vermuten konnte. Nachdem ich ihn hereingelassen und mit seinem Futternapf beruhigt hatte, erstattete ich John Bericht.

Er hörte aufmerksam zu. Dann sagte er: »Wenn man einen Fall aufrollen will, hilft es, die bekannten Tatsachen zusammenzufassen. Da haben wir als erstes einen Herrn Hoffmann in Berlin. Er arbeitet in einem Museum, das die Schätze von Troja zu seinen Ausstellungsstücken zählt. Um Kunstschätze vor dem Zugriff der Barbaren, vor ihrer Zerstörung zu bewahren, ist er bereit, sein Leben zu riskieren.«

Ich nickte. »Nach allem, was ich von ihm weiß und was mir der Holzschnitzer in Bad Steinbach erzählt hat, würde ich ihm das zutrauen.«

»Gut, wir sind uns also einig. Bei Kriegsende ist es soweit. Hoffmann weiß, in welchem Bunker der Schatz von Troja gelagert ist. Er mischte sich unter die Menge, die in diesem Bunker Schutz sucht. Irgendwie gelingt es ihm, an die Sachen heranzukommen und sich lebend davonzumachen, als die eindringenden Russen ein Massaker veranstalten. Mehr noch – es gelingt ihm, aus dem brennenden Berlin heil herauszukommen . . .«

»Das ist auch anderen gelungen«, warf ich ein.

»Richtig«, gab er zu, »aber sie trugen in ihren Bündeln wertlose Habseligkeiten und keine unschätzbaren Kleinodien. Jedenfalls – das ist belegt – kam Hoffmann nach Bayern, heiratete die Tochter eines Hoteliers, und führte fortan ein bürgerliches Leben – im Austausch gegen die aufgegebene akademische Karriere.«

»Und das Gold von Troja?«

»War ihm anscheinend zur fixen Idee geworden. Es symbolisierte für ihn – und letzten Endes auch für dich und mich – alles Schöne in dieser Welt, dessen Vernichtung unwiderruflich sein würde. Wem sollte er es zurückgeben? Den Alliierten – damit sie es den Russen auslieferten? Dem Museum in Ostberlin? Nein, er beschloß, es zu behalten. Nicht mit Unrecht. Nicht, um sich zu bereichern, gewiß nicht. Um es zu bewahren und sich daran zu erfreuen. – Viele Sammler denken so, Vicky. Sie schließen wertvolle Gemälde in ihrem Tresorraum ein, um sie zu betrachten, wenn ihnen danach ist – aber ohne Fremde am Vergnügen teilhaben zu lassen.«

»Das ist richtig. Darüber weiß ich besser Bescheid als du, John.«

»Typisch für diese Geisteshaltung ist, daß er seine Frau mit dem Schmuck fotografiert hat.«

»Sie war also eingeweiht. Klar. Kein Mann kann ein solches Geheimnis vor seiner Frau bewahren.«

»Aber seine zweite Frau. Diese Friedl! Dreißig Jahre jünger. Und – wie du sagst – ein Typ, auf den die Männer fliegen. Hat er ihr auch von seinem Schatz erzählt?«

»Sicher. Verliebte Männer sind zu jeder Narrheit fähig.«

»Die erste Frau Hoffmann war anscheinend damit einverstanden, Schweigen zu bewahren. Vielleicht hat sie ihm versprochen, das Gold von Troja nach seinem Tod den zuständigen Kuratoren auszuhändigen. Aber Friedl . . .«

»Die sicher nicht. Sie ist geldgierig, hat sich selbst einem alten Mann verkauft, obschon sie – daran zweifle ich nicht – jüngere Liebhaber hatte. Ihr erster Gedanke war sicher, das Gold zu Geld zu machen.«

»Sehr wahrscheinlich. Natürlich hat sie das ihrem Mann nicht auf die Nase gebunden. Aber Hoffmann war – deinen Ausführungen folgend – viel klüger als sie . . .«

»Wozu nicht viel gehört hat.«

»Dann muß er schließlich auch bemerkt haben, daß er die falsche Frau geheiratet hatte. Eine Frau, die noch am Tag seines Todes den Schatz aus dem Versteck holen und zum nächsten Leihamt laufen würde . . .«

»Wenn sie das Versteck gekannt hätte.«

»Richtig. Und zweifellos hat sie es nicht gekannt. Sonst wäre das Gold längst bei einem Händler aufgetaucht, und die arme Friedl hätte sich nicht mit Hochzeitstruhen und Bauernschränken herumschlagen müssen. Anscheinend war Hoffmann weder so verliebt noch so närrisch, wie du geglaubt hast. Er muß eingesehen haben, daß er seiner Friedl nicht trauen konnte. Deshalb wandte er sich an einen Treuhänder, der ihm zuverlässig erschien. An dich.«

Ich atmete tief durch. Ich zerdrückte meine Zigarette im Aschenbecher. »Warum gerade ich? Es muß andere Möglichkeiten gegeben haben . . .«

»Er muß in großer Eile gewesen sein. Fand nicht einmal Zeit, die Sache in einem Testament zu stipulieren. Er lief wie gehetzt zu einem Briefkasten . . . Aber die anderen waren gewitzt und schnitten ihm den Weg ab. Was auch gelungen wäre, ohne den famosen Holzschnitzer . . .«

»Die anderen? Wer?«

»Überlege doch mal! Was kann Hoffmann veranlaßt haben, Hals über Kopf nach einem Ausweg zu suchen?«

»Er muß draufgekommen sein, daß Friedl ihn betrogen hat«, sagte ich heiser.

John nickte. ». . . und muß geahnt haben, daß er sich in Gefahr befand.«

»Also Friedl – und Freddy . . .«

Er schüttelte den Kopf. »Du darfst Freddy nicht überschätzen. Er ist ein typischer Helfershelfer, der die schmutzige Arbeit leistet. Muskeln, aber kein Kopf. Wie du ihn mir schilderst, ist er sicher nicht imstande, ein so kompliziertes Projekt zu planen und durchzuführen. Was Friedl braucht, ist ein Partner, der den einzigartigen Wert des Schatzes kennt und über die nötigen Verbindungen verfügt, ihn diskret und gewinnbringend an einen Käufer zu bringen.«

»Mit einem Wort – ein Mann wie du.«

Er lachte. »Falls du mich verdächtigst – ich kann mich entlasten. Wenn ich derjenige wäre, hätte ich das Gold längst gefunden und es wäre in unterirdischen Kanälen verschwunden.«

»Das überzeugt mich.«

»Danke für dein Vertrauen, Vicky. – Wer aber kann der Mann sein, den wir suchen? Wenn es überhaupt ein Mann ist . . .«

»Ich habe schon überlegt«, gab ich zu, »ob ich überhaupt die einzige bin, an die er geschrieben hat?«

»Du meinst – es könnte noch andere geben?«

»Wir waren sechs. Drei Männer und drei Frauen.« Und ich erzählte ihm von der Gruppe, die vergangene Weihnachten im Hexenhut gewohnt hatte. »Und jeder von ihnen hat die Qualifikationen, von denen du gesprochen hast. Die nötigen Kenntnisse ganz bestimmt. Was die Beziehungen betrifft . . .«

Da tappte ich im dunkeln.

Er dachte nach. »Paß auf, Vicky! Wenn Hoffmann wirklich nicht nur an dich, sondern auch an andere geschrieben hat – dann müßte einer von ihnen oder mehrere oder alle früher oder später in Bayern auftauchen.«

Es gab mir einen Ruck. »Einer ist schon hier gewesen . . .?«

»Welcher?«

»Dieter Wustrow. Kurator beim Antiken-Museum in Berlin. Und Tony wird die Feiertage hier verbringen. Er kommt aus Chicago . . .«

»Wann?«

»Am Mittwoch . . .«

»Heute ist Mittwoch . . .«

»Oje. Du bist schuld, du hast mein Zeitgefühl ganz durcheinandergebracht. Und ich habe noch nicht mal ein Kleid an.«

»Weißt du, um wieviel Uhr seine Maschine ankommt?«

»Natürlich. Um zwei.«

»Zwei Uhr früh?«

»Unsinn. Nachmittags natürlich.«

Er warf einen Blick auf seine Armbanduhr. »Dann muß die Maschine gerade im Anflug auf Riem sein.«

Mein Herzschlag setzte aus. Ich hatte versprochen, ihn abzuholen. Ich durfte ihn nicht enttäuschen. Ich zog mich an, so schnell ich konnte.

John sprang aus dem Bett, bekleidet mit einer Armbanduhr und einem süffisanten Lächeln. Ich hatte ihn – trotz langjähriger Bekanntschaft – noch nie splitternackt, in voller Größe und bei hellem Tageslicht vor mir stehen sehen. Ich war gebührend beeindruckt. Er war nicht so gut gebaut wie etwa Perlmutter oder muskelbepackt wie Freddy, doch er erinnerte mich an die Statue vom Diskuswerfer – die richtigen Proportionen, die eine gewisse Grazie der Bewegung vermuten ließen.

Leider hatte ich keine Zeit, meinen Bettgefährten zu bewundern. Ich hatte mit Slip und Büstenhalter, mit Jeans und Bluse zu kämpfen.

»Lauf nicht davon«, stotterte ich zwischendurch. »Aber nein – 's ist vielleicht besser, du verschwindest. Gib mir jedenfalls Nachricht. Schreib mir eine Adresse auf. Oder wenigstens eine Telefonnummer, unter der ich dich erreichen kann . . .« Ich schlüpfte in meine Schuhe.

»Und deinen Namen!«

»Was für einen Namen?« fragte er grinsend.

»Egal, von mir aus Rumpelstilzchen.«

Er kannte natürlich das Märchen vom Rumpelstilzchen. Wie hieß doch gleich der Vers:

Gott sei Dank, daß niemand weiß,
Daß ich Rumpelstilzchen heiß.

15

Wie durch ein Wunder kam ich mit heilen Knochen am Flughafen Riem an. Wie ich es schaffte, in Rekordzeit durch den dichten Verkehr zu kommen, weiß ich nicht mehr. Doch ich erinnere mich an das Geräusch quietschender Bremsen und an das zornige Hupen anderer Verkehrsteilnehmer.

So schwer es mir fiel, im Moment mußte ich John vergessen und mich auf Tony konzentrieren. Bei all seiner Sympathie für mich, er war, wie er mir schon bewiesen hatte, von der Jagd nach verschollenen Kunstwerken besessen und durchaus fähig, alles, was er wußte, zu verschweigen, um mir zuvorzukommen.

Andererseits hatte ich keinen Hinweis, daß Hoffmann auch meine Kollegen angeschrieben hatte. Herr Müller hatte nur von einem Umschlag gesprochen, den ihm der Sterbende in die Hand gedrückt hatte. Nach Hoffmanns Unfall konnte kein Brief mehr aufgegeben worden sein. Und vorher? Möglich. Aber ich konnte nicht glauben, daß der alte Herr anderen den Vorzug gegeben und mich an den Schluß der Liste gesetzt hatte. Allerdings – ich lebte in München, ganz in der Nähe, und ein Schreiben an mich wäre weniger eilig gewesen als etwa an Tony in Chicago.

All das ging mir durch den Kopf, während ich noch einen Parkplatz suchte. Ich hoffte, die Maschine würde Verspätung haben oder Tony mit der Suche nach dem Koffer oder am Zoll Zeit verlieren. Nein, das war nicht der Fall. Da stand er schon, ungeduldig nach mir Ausschau haltend. Die Halle war voll von Reisenden, aber ich hatte keine Schwierigkeit, ihn sofort zu sehen. Er war mindestens einen Kopf größer als alle anderen.

Er streckte seine Hand nach mir aus, doch ich warf mich einfach in seine Arme, um ihn meine Verspätung vergessen zu lassen. Seine Umarmung war nicht so enthusiastisch wie ich erwartet hatte, doch schließlich gab er mir einen Kuß. Ob er dabei errötete, konnte ich nicht sehen. Ich fand es nett, einen Mann zu küssen, bei dem man sich dabei auf die Zehenspitzen stellen mußte. Unwillkürlich stellte ich Vergleiche an; doch es war, wie wenn man Orangen und Pfirsiche vergleichen wollte. Beide sind köstlich in ihrer Art, wenn auch grundverschieden. Mußte ich mich schuldig fühlen? Ich wies schon den bloßen Gedanken zurück; schließlich hatte keiner von beiden ein Recht auf Exklusivität.

Ich war entschlossen, ihn als erstes zu mir nach Hause zu bringen. Das Museum kam nicht in Frage – ich mußte zuerst Schmidt ernsthaft verwarnen, kein Wort von unserer Schatzsuche verlauten zu lassen. Und John würde bis zu unserer Ankunft längst über alle Berge sein. Ich hoffte, er habe nicht aus Spaß irgendein intimes Kleidungsstück zurückgelassen. Aber selbst wenn . . . Tony hatte keinerlei Anrecht auf mich. Wir waren durch kein Versprechen aneinander gebunden. Doch das wenigste, was ich für ihn tun konnte, war, ihm eine Bleibe anzubieten. Sicher erwartete er das von mir . . .

»Ich habe ein Zimmer im Bayerischen Hof reserviert«, sagte er und blickte geradeaus und an mir vorbei. »Wenn es ein zu großer Umweg ist, kannst du mich an einem Taxistand absetzen.«

Einen Moment ließ ich das Lenkrad los, doch bevor ich aus der Spur kam, faßte ich mich. »Was hast du gesagt . . .?«

»Ich habe gesagt, daß ich eine Reservierung . . .«

»Das hab' ich gehört. Was ist los mit dir, Tony? Nur weil ich dich am Flughafen warten ließ . . .«

»Das hat nichts damit zu tun. Ich habe schon vor Tagen mit dem Hotel telefoniert . . . Die Situation – hm – erfordert . . .« Er stockte.

»Was erfordert sie? Was für eine Situation?«

Es war ihm sichtlich peinlich, mit der Sprache herauszurücken. Er seufzte. »Ich bin verlobt.«

»Du wirst heiraten?«

»Das ist so üblich – nach einer Verlobung . . .«

Obwohl ich vergangene Nacht vor der Heimfahrt nach München vollgetankt hatte, fuhr ich die nächste Tankstelle an. Ich fuhr aber an den Zapfsäulen vorbei und hielt hinter dem Haus. Ich stellte den Motor ab und wandte mich ihm zu. Er wich immer noch meinem Blick aus. Eine lächerliche Situation.

»Ich bin froh, Tony, daß du eine passende Partnerin gefunden hast, ehrlich. Aber beantworte mir bitte eine Frage. Warum bist du nach München gekommen?«

Er zögerte mit der Antwort. »Es war ihre Idee . . .«

»Oh.«

»Sie meinte – die Situation bedürfe einer gründlichen Klärung . . .«

»Eine Aussprache oder so?«

»In dem Sinne.« Er wand sich in seinem Sitz, der für Menschen mit Normalgröße berechnet war. Wider Willen mußte ich lachen, auch wenn es nicht gerade fröhlich klang.

»Schau mich an, Tony.« Ich legte meine Hand auf seine Wange; die Berührung schien ihn zu irritieren. »Keine Angst, ich reiß dir nicht den Kopf ab. Wer ist die glückliche Braut?«

Meine sanfte Stimme beruhigte ihn. Er zog seine Brieftasche aus der Jacke. »Sie heißt Belfort, Ann Belfort.«

Er zeigte mir ihr Bild. Sie war das genaue Gegenstück zu mir. Dunkelhaarig, ein herzförmiger Mund, eine niedliche Figur.

»Belfort . . .?« murmelte ich. »Ist sie mit Dr. Belfort verwandt, dem Mathematiker in Princeton?«

»Seine Tochter.«

»Ah. Gratuliere. Trotzdem sehe ich nicht ein, warum du aus Illinois herfliegen mußtest.«

»Ich könnte Skilaufen«, antwortete er etwas vage. »Und in Turin beginnt in der letzten Dezemberwoche ein Kongreß . . .«

»Keine Ausflüchte, bitte. Sag die Wahrheit.«

Er schluckte. »Die Situation hat sich zugespitzt. Ann verlangt eindeutige Klarheit. Seit ich sie einmal aus Versehen Vicky genannt habe . . .«

»Wie rührend. Und sie hat dich hergeschickt, um den Inkubus unschädlich zu machen?«

»Sukkubus«, verbesserte mich Tony. »Inkubus ist ein männlicher Dämon. Sukkubus ist der weibliche böse Geist, dessen sexuelle Tücke hilflose, unschuldige Männer . . .«

»Schon gut. Du brauchst nicht weiterzureden.«

»Ich habe nicht wirklich eine Hotelreservierung«, sagte er kleinlaut.

»Das dachte ich mir. Der Bayerische Hof ist teuer.«

»Es gibt andere Hotels.«

»Die werden über die Feiertage ausgebucht sein.«

»Ich kann die Zimmervermittlung anrufen.«

Ich nickte. Danach herrschte eisiges Schweigen zwischen uns. Ich ließ einen diensteifrigen Tankwart enttäuscht zurück, fuhr auf die Hauptstraße und schlug den Heimweg ein.

Über einen Punkt konnte ich beruhigt sein. Schon als Tony mich im Büro angerufen hatte, war mir sein merkwürdiges Verhalten aufgefallen. Das machte ihn nicht länger verdächtig. Es hatte nichts mit dem Gold von Troja zu tun, sondern mit einer niedlichen Miß Belfort.

Tony bewegte sich unruhig in seinem Sitz. »Du hast dich verändert, Vicky.«

»In welcher Beziehung?«

»Du sagst kein Wort. Du schmollst.«

»Aber nein. Ich überlege nur . . .«

Ich hatte kurz mit dem Gedanken gespielt, Tony in alles einzuweihen. Jetzt entschied ich mich, es nicht zu tun. Ich hatte kein Recht, den Bräutigam einer fremden Frau in ein gefährliches Spiel zu verwickeln. Besser, ich verbrachte mit ihm ein paar unschuldige Tage und sandte ihn dann unversehrt nach Turin oder nach Chicago oder zum Teufel.

Ich war so sehr in Gedanken, daß ich beinahe an meinem Haus vorbeifuhr. Das scharfe Bremsen ließ den Wagen in die richtige Richtung gleiten; ich kam durch die Einfahrt, ohne das Lenkrad zu drehen.

»Perfekt!« rief Tony. »Willst du in Sensationsfilmen mitwirken?«

Ich ersparte mir eine Antwort und ging voraus. Auf einer Bank meiner kleinen Veranda saß Schmidt in den letzten Strahlen der Nachmittagssonne. Er hatte nachgeholt, was der Kurarzt von Bad Steinbach versäumt hatte, und seinen ganzen Kopf bandagiert.

»Na endlich!« rief er. »Es ist ein schöner Wintertag, aber jetzt beginnt es kalt zu werden. Sie haben ihn also gefunden, Vicky?«

Ich warf einen Blick auf Tony. »Du hast das Museum angerufen . . .?«

»Was denn sonst . . .? Du hast mich warten lassen, ich dachte, du hättest die Ankunftszeit vergessen. Grüß

Gott, Herr Direktor. Was, um Gottes willen, ist Ihnen zugestoßen?«

»Sein Auto machte mit einem Baum Bekanntschaft«, sagte ich schnell.

»Das war noch das Wenigste.« Schmidt war wieder mal nicht zu bremsen. »Ich wurde hochgerissen, in den Schnee geworfen . . .«

Tony sah ihn verblüfft an. »Das klingt ja abenteuerlich. Was ist denn passiert . . .?«

Ich feixte. Schmidt schien endlich zu begreifen, daß ich Tony nicht einweihen wollte, und hielt den Mund, während ich in meiner Handtasche den Hausschlüssel suchte.

Ich hätte mir die Mühe sparen können. Die Tür öffnete sich, und John erschien im Rahmen. Er schien gerade aus dem Bett gekommen zu sein. Er war barfuß und stopfte sein offenes Hemd in die Hose.

»Hallo, Liebling«, begrüßte er mich freundlich. »Kannst du deinen Schlüssel nicht finden?«

16

»Ich dachte, du seist schon weg«, stotterte ich.

»Du hast mich doch gebeten, zu bleiben.«

Ich hatte es satt, ihm immer die Stichworte zu liefern. Ich war wütend, aber wie sollte ich eine Situation meistern, die in keinem Benimmbuch vorgesehen war? »Darf ich vorstellen – Dr. Tony Lawrence – das ist . . .«

»Sir John«, rief Schmidt enthusiastisch. »Ich bin froh, daß ich mich jetzt bei Ihnen bedanken kann, mein Leben gerettet zu haben.«

Ich wurde immer wütender. Wann würde der Quatschkopf endlich lernen, den Mund zu halten?

Tony, ohnehin eine etwas naive Seele, war ehrlich verwirrt. »Sir John . . .?« fragte er ratlos. »Leben gerettet . . .?«

Ich gab es auf, die Situation zu erklären oder zu entwirren. Ich seufzte und schwieg. Die nächsten Minuten waren ausgesprochen unbehaglich. Tony weigerte sich, sich hinzusetzen; er stand mit gefurchten Brauen da, wie ein Puritaner in einer Sex-Schau. Schließlich wollte er telefonieren. »Ich rufe die Zimmervermittlung an«, verkündete er.

»Aber mein lieber Freund«, sagte John gönnerhaft, »in diesem Haus gibt es genügend Platz, auch für Sie.«

»Ich möchte nicht stören«, erwiderte Tony knapp.

»Davon kann keine Rede sein. Ich muß ohnehin fort und bin froh, wenn Vicky nicht allein bleibt.«

So ging es eine Weile hin und her, und Schmidt lauschte fasziniert dem Wortgeplänkel der beiden Männer. Schließlich verlor ich die Geduld. »Tony, setz dich hin«, befahl ich streng. »John, verschaff uns was zu trinken.« Beide gehorchten mir aufs Wort. John mußte ich allerdings mit einem Rippenstoß Nachdruck verleihen. Ich folgte ihm in die Küche.

»Was stellst du dir eigentlich vor?«

»Nichts Besonderes«, antwortete er mit Unschuldsblick und öffnete den Eisschrank. »Ich bemühe mich nur, ein guter Gastgeber zu sein. Was soll ich servieren?«

»Tony bleibt nicht bei mir.« Ich schob ihn weg und inspizierte die Fächer. »Bier. Ich hab' immer *Paulaner'* vorrätig, für Schmidt . . . Sowie er eine Bleibe gefunden hat, wird er verschwinden.«

»Das könnt ihr halten, wie ihr wollt. Aber an deiner Stelle würde ich ihn im Auge behalten.«

»Was soll das wieder heißen?«

»Er gehört zur Gruppe der Verdächtigen, nicht wahr?«

Der Flaschenöffner glitt mir aus der Hand und fiel scheppernd zu Boden. »Bist du verrückt? Tony . . .«

John holte unterdes Gläser von einer Konsole. »Ist er nicht derjenige, welcher – ich meine, der mit dir den Riemenschneider aufgestöbert hat?«

»Verdammt noch mal – er ist ein alter Freund.«

». . . der zufällig gerade jetzt in München auftaucht.«

Das Erscheinen von Schmidt unterbrach unsere Auseinandersetzung. »Wir müssen ernsthaft beraten«, sagte er. »Vicky, Sie hätten Tony nicht herbringen sollen. Wir brauchen keine Mitwisser. Drei sind genug.«

»Drei sind zuviel«, fuhr ich ihn an. »Tony bleibt nicht lange. Er fährt bloß Ski und zu einem Kongreß nach Turin oder nach Chicago, um zu heiraten . . .« Ich ließ die beiden allein und kümmerte mich um Tony, der verzweifelt telefonierte. Anscheinend war es schwierig, in München eine Unterkunft zu finden. Ich reichte ihm sein Glas mit Bier, das er dankend akzeptierte. Aber der Blick, den er mir zuwarf, war nicht gerade freundlich. Es machte mir nichts aus.

Heulen und Jaulen vor der Küchentür. Cäsar verlangte Einlaß. John war so unvorsichtig, die Türe zu öffnen. Der Dobermann raste durch die Küche ins Wohnzimmer. Da er Tony noch nicht kannte, sprang er neugierig auf den Neuankömmling. Tony ließ das Telefon fallen und hechtete über die Couch. Cäsar glaubte, daß der Fremde mit ihm spielen wollte, und setzte ihm nach. Ich warf mich über die Couch und trennte mit einiger Mühe Mann und Hund.

Es war kein gelungener Abend. Schmidt erklärte dem erschrockenen Tony, der Dobermann sei so harmlos wie ein Bettvorleger, und ich trank erbittert mein Bier. John benützte die Zeitspanne, um nach oben zu gehen und sich fertig anzuziehen. Doch er dachte nicht daran, uns zu verlassen, sondern machte es sich in einem Sessel gemütlich und versprühte seinen Charme. Er hatte nur zur Hälfte Erfolg. Schmidt strahlte, doch Tony blieb mürrisch. Er hatte sichtlich den Eindruck, in ein Irrenhaus geraten zu sein.

Es war kein Zufall, daß John länger blieb. Er schien auf etwas zu warten. Als das Telefon klingelte, merkte ich, daß sich seine Haltung versteifte. Ob es auch die anderen merkten, konnte ich nicht sagen.

Der Anruf kam aus Bad Steinbach. Friedl.

»Ich hoffe, ich störe nicht, Miß Bliss«, begann sie. »Ich habe von Ihrem Unfall gehört und möchte mein Bedauern ausdrücken.« Sie drückte sich sehr gewählt aus, anscheinend hatte sie sich die Worte im voraus zurechtgelegt. »Ich habe schon heute morgen angerufen, aber Sie meldeten sich nicht . . .«

Ich hatte das Haus am Vormittag nicht verlassen. Jetzt fiel mir ein, daß das Telefon geklingelt hatte, als ich in der Küche das Frühstück gemacht hatte. Offenbar hatte John den Hörer abgenommen – und erst wieder aufgelegt, nachdem ich gegangen war.

Nach der kurzen Einleitung kam Friedl auf den Zweck ihres Anrufs zu sprechen. »Ich bitte Sie um Ihre Hilfe, Miß Bliss. Ich bin sicher, mein verstorbener Mann wäre damit einverstanden gewesen. Die Sache ist ernst. Es geht vielleicht um Leben und Tod . . .«

»Tatsächlich?« Eine törichte Reaktion, aber ich wußte nicht recht, was ich sagen sollte. Um mich herum drei Männer, die gespannt zuhörten. Ich hatte den Eindruck, daß selbst Cäsar seine Ohren spitzte. Und Friedl sprach ohne hörbare Erregung, als habe sie den Text auswendig gelernt.

»Nehmen Sie es nicht zu leicht, bitte. Sie sind in Gefahr. Man will Sie umbringen.«

»Wer?«

»Mehr kann ich am Telefon nicht sagen. Verstehen Sie doch, ich habe Angst zu sprechen. Bitte, kommen Sie. Bringen Sie Ihren Freund mit, wenn Sie wollen – jemanden, der uns helfen kann ... Sie werden kommen, nicht wahr?«

»Wann?«

»So schnell wie möglich. Morgen ...?«

»Nun – gut, ich will es versuchen.«

»Ich danke Ihnen.«

Nach dem melodramatischen Ausbruch fiel ihr Dank überraschend kurz aus. Sie beendete das Gespräch. Ich legte nachdenklich den Hörer auf die Gabel. Drei Augenpaare sahen mich fragend an.

»Wer war das?« fragte Schmidt.

»Ein Privatgespräch«, sagte ich abweisend. »Noch ein Bier, die Herren?«

»Warum nicht?«

Ich nahm das Tablett auf und ging in die Küche. John folgte mir auf dem Fuß.

»Wieso hast du es gewußt?«

»War das sie?«

»Ja. Aber wieso ...?«

»Ich habe etwas in der Art erwartet. Du nicht?«

»Nein. Sie bat mich, in ihr Hotel zu kommen. Berief sich auf ihren verstorbenen Mann. Anscheinend weiß sie, daß er an mich schreiben wollte. Sollte ich mich in ihr getäuscht haben?«

»Wenn du das wirklich glaubst, bis du naiver, als ich dich eingeschätzt habe.«

»Du meinst – wieder eine Falle ...? Das wäre zu plump.«

Er zuckte die Achseln. »Alles ist möglich. Aber meiner Ansicht nach sind sie nicht hinter deinem wunderbaren

Körper her, sondern hinter deinem wunderbaren Gehirn.«

»Wie schmeichelhaft.«

»Ist auch so gemeint. Nachdem sie das Versteck nicht finden konnten, hoffen sie, daß die berühmte Vicky Bliss ihnen den richtigen Weg weisen kann.«

»Dann würden sie mich aus dem Weg räumen wollen.«

»Vorerst sicher nicht. Warum sollten sie dich in Bad Steinbach umbringen? Das könnten sie auch in München tun, und es wäre weit weniger verdächtig.«

»Ein beruhigender Gedanke! Aber gestern haben sie es immerhin versucht. In der unmittelbaren Umgebung . . .«

»Das war Freddy. Ein Dilettant, ein Dummkopf! Unterdes hat sich Friedl mit dem Mann hinter den Kulissen in Verbindung gesetzt, und der ist viel klüger und hat sie beauftragt, intelligenter vorzugehen. Aber etwas hat die Verzögerung verraten . . .«

». . . und das wäre?«

»Daß sie Zeit gebraucht hat, um ihren Auftraggeber zu kontaktieren. Er war gestern nicht in Bad Steinbach. Aber vielleicht morgen . . .«

»Wenn du auf Tony anspielst . . .«

Er grinste. »Er ist gestern nacht noch ins Flugzeug gestiegen.«

»Ich glaube keinen Moment . . .«

»Deine Sache, Vicky. Du kennst ihn ja viel besser als ich.«

»Das ist richtig. Und er ist so anständig, daß du ihn nie verstehen können wirst.«

Damit mußte sich John zufriedengeben. Er rauschte ab und nahm Schmidt mit in die Stadt. Ich atmete auf.

Tony blieb über Nacht in meinem Haus. Wir verbrachten einen gemütlichen Abend, aber er machte keine Annäherungsversuche. Ann Belfort hockte unsichtbar zwischen uns, wie Banquos Geist.

Mein Vertrauen in Tony war wiederhergestellt; ich schlug mir Johns häßliche Anspielungen aus dem Kopf. Und als Tony schließlich schüchtern vorschlug, zusammen zum Skilaufen zu gehen, war ich sofort einverstanden. Ich erwähnte, die neue Besitzerin habe mich ins Hotel Hexenhut eingeladen. Er sagte: »Prima. Ich habe das Hotel in bester Erinnerung.«

Der gute Tony! Ich war froh, nicht allein fahren zu müssen.

Erst unterwegs verriet ich ihm, daß die neue Besitzerin keine andere war als die ehemalige Kellnerin Friedl, der er so stürmisch den Hof gemacht hatte.

17

Pfadfinders Pflicht ist es, mindestens einmal täglich eine gute Tat zu vollbringen. Diesmal fiel es mir leicht, denn ich mußte den Dobermann für einige Tage gut unterbringen. Ich brachte ihn bei Karl vorbei, und die Aussicht, das Untier einige Zeit bei sich behalten zu können, trieb Freudentränen in seine Augen.

Ich ließ München also mit gutem Gewissen hinter mir. Meine Skier hatte ich auf dem Dachträger festgeschnallt. Tony hatte keine eigenen mitgebracht, er wollte sich welche ausleihen. Er schwelgte in der Vorfreude, den steilen Hang hinunter zu rasen, der für den Weltcup vorgesehen war. Aus unerfindlichen Gründen hielt er sich für einen brillanten Skiläufer. Doch Männer überschätzen meist ihre sportlichen Fähigkeiten, und ich vermied es vorläufig, ihm zu einer weniger gefährlichen Abfahrt zuzureden. Mancher Heißsporn läßt sich erst überzeugen, wenn er mit einem Gipsbein im Bett liegt.

Als wir den Marktplatz von Bad Steinbach erreichten, strahlte Tony über das ganze Gesicht. »Ich hatte immer eine Schwäche für diesen Ort. Wie schön, daß sich nichts verändert hat.«

»O doch«, wandte ich ein. »Hoffmann lebt nicht mehr. Und deine alte Flamme hat das Hotel geerbt.«

Freddy war nirgends zu sehen. Am Empfang stand eine resolute Frau, die nicht gerade freundlich fragte, ob wir Zimmer reserviert hätten.

»Frau Hoffmann erwartet mich«, erwiderte ich. »Mein Name ist Bliss.«

Ihre Haltung änderte sich brüsk. »Ah, die Dame aus München! Bitte entschuldigen Sie, wenn ich . . .«

»Kein Grund für eine Entschuldigung«, mischte sich Tony ein. »Ich sehe, Madam, wie beschäftigt Sie sind.«

Tony spricht deutsch, wie er es auf dem College gelernt hat, mit einem typisch amerikanischen Akzent, den Damen in mittleren Jahren entzückend finden. Die resolute Frau schmolz dahin und lächelte sogar. Es stellte sich heraus, daß sie sonst nichts mit der Rezeption zu tun hatte, sondern den erkrankten Empfangschef vertrat.

Mit selbstverständlicher Geste schob sie Tony das Gästebuch hin; anscheinend hielt sie uns für ein Ehepaar. Ich zog es vor, sicherheitshalber meinen Namen selbst zu registrieren. Tony reagierte nicht. Vergeblich suchte ich nach einem Hausdiener; wir mußten unser Gepäck eigenhändig hinauftragen.

Das Zimmer war eine angenehme Überraschung. Es war zweifellos eines der besten im Haus, mit einem großen Erker, der eine atemberaubende Aussicht auf die schneebedeckten Berge bot. Sollte Friedl die Absicht haben, mich umzubringen, wollte sie mir meine letzten Stunden zweifellos versüßen. Tony schenkte der Aussicht keine Aufmerksamkeit, er konzentrierte sich auf das altmodische, breite Himmelbett.

»Du brauchst dich nicht um ein eigenes Zimmer zu bemühen«, sagte ich edelmütig. »Im Vorraum steht ein breites Sofa . . .«

»Breit, aber nicht lang«, unterbrach er mich.

»Du kannst ein Fauteuil dranschieben. Dann finden sogar deine Füße Platz.«

»Aber Vicky, du wirst doch nicht ernsthaft . . .«

»Wir können das Bett auch teilen und ein Schwert zwischen uns aufpflanzen. Das war im Mittelalter Brauch, wenn ein Botschafter seinem König eine Braut zuführte. Ann Belfort würde die Methode sicher gutheißen.«

Darauf antwortete Tony nicht, sondern nahm seinen Koffer und machte sich davon. Als ich durch die Halle ging, sah ich ihn mit der Frau am Empfang verhandeln. Ich zweifelte nicht daran, daß es ihm gelingen würde, sein Ziel zu erreichen. Jedenfalls war er so beschäftigt, daß ich unbemerkt an ihm vorbeikam.

Ich hatte mir vorgenommen, Müller rechtzeitig zu warnen. Wenn ich in Gefahr war, dann galt das für ihn erst recht. Mein Herzschlag setzte einen Moment aus, als ich den Laden erreichte. Der Platz war unbeleuchtet, die Tür verschlossen. Ich klopfte mechanisch an die Glasscheibe, bevor ich die aufgeklebte Nachricht las: ÜBER DIE FEIERTAGE GESCHLOSSEN.

Ich war schon im Gehen, als die Ladentür einen Spaltbreit geöffnet wurde. Einen Moment lang wurde ich mißtrauisch beäugt, dann wurde die Tür geöffnet.

»Ah, Sie sind es . . .«

»Ich dachte schon, ich hätte Sie verpaßt.«

»Ich bin auch dabei, fortzufahren. Zu meiner Tochter, über die Feiertage.« Er ließ mich ein und schloß die Tür sehr sorgfältig hinter mir. »An sich wollte ich erst morgen abreisen, aber Ihr Freund hat mich überredet, keine Zeit zu verlieren. Er hat sich erboten, mich in seinem Wagen nach Füssen zu bringen . . .«

»Mein Freund . . .?« fragte ich verwirrt.

»Ja. Er wartet drin, bis ich reisefertig bin. Wollen Sie mit ihm sprechen?«

Und ob ich wollte!

Im Kachelofen brannte kein Feuer. Die beiden bequemen Stühle zu beiden Seiten waren besetzt. Der eine von der Katze, die mit ihren blauen Augen feindselig auf den Mann starrte, der auf dem anderen saß. John erwiderte ihren Blick, als versuche er, das Tier zu hypnotisieren. »Sie haben sich verspätet, Dr. Bliss«, sagte er beiläufig, ohne mir einen Blick zu schenken. »Ich habe Sie schon vor einer Stunde erwartet.«

Dummerweise hielt ich es für nötig, mich zu entschuldigen. »Ich habe für Cäsar ein Obdach finden müssen.«

John erhob sich von seinem Sitz. »Wenn Sie soweit sind, Herr Müller . . .«

»Ich hole nur meine Reisetasche. Aber, daß Sie sich wirklich die Mühe machen . . .«

»Eine Vorsichtsmaßregel. Unsere Ermittlungen sind noch im Anfangsstadium.«

Der alte Mann verschwand kopfschüttelnd im Inneren des Hauses.

»Wer ist ›wir‹?« verlangte ich zu wissen. »Interpol? Britischer Geheimdienst? Oder eine Organisation, die du erfunden hast?«

John zeigte mir, ohne zu zögern, eine Legitimation, die absolut echt aussah. Die Ränder waren verschlissen, und sein Foto einige Jahre alt. ›Internationales Büro gegen Kunstfälschungen‹, las ich.

Er nickte. »IBKF. Ich habe dich als Distrikt-Inspektor ausgegeben. Ich mußte doch das Vertrauen von Herrn Müller erwerben . . .«

»Und du bist mein Vorgesetzter, schätze ich?«

»Hauptinspektor«, grinste er. Doch gleich darauf wurde er ernst. »Ich komme noch heute zurück. Ich habe Müller versprochen, auf seinen Laden aufzupassen, während er fort ist. Vor allem will ich die Reste des großen Schranks untersuchen, von dem du mir erzählt hast.«

»Du, in Steinbach . . .? Tony wird eifersüchtig sein.«

»Er braucht nichts davon zu wissen. Besser, wenn wir nicht zusammen gesehen werden. Niemand von der Bande kennt mich . . .«

»Der Mann, der auf uns geschossen hat, muß dich gesehen haben.«

»Ich habe eine Ski-Maske getragen, vergiß das nicht. Wenn du mich brauchst, komm her und klopfe in einem bestimmten Rhythmus an die Tür . . .«

»Dreimal kurz, dreimal lang . . .«

»Der Anfang von SOS. Gut. Ich kann dir am Empfang eine Nachricht hinterlassen, wenn nötig.« Er hörte jetzt Müllers näherkommende Schritte und sagte hastig: »Paß auf, ob dieser Freddy auftaucht. Sei vorsichtig! Und achte auf bekannte Gesichter.«

Da trat Müller ins Zimmer, und ich nahm vor John eine stramme Haltung an. »Ich werde heute abend Bericht erstatten, Chef.«

»Darum möchte ich bitten, Inspektor.«

Die Katze strich um Müllers Beine und beschnupperte seine Reisetasche.

»Sie fühlt, daß ich verreise«, sagte Müller traurig. »Aber ich habe nicht das Herz, sie aus ihrer gewohnten

Umgebung zu reißen. Bitte vergessen Sie nicht, Herr Chefinspektor, ihr rohe Leber zu geben und frisches Wasser . . .«

Ich bückte mich, um die Katze zu streicheln. Sie schnurrte. Doch als John einen Schritt auf sie zu machte, begann sie leise zu fauchen. John runzelte die Stirn. »Sie mag mich nicht.«

»Katzen haben ein Gefühl dafür, was für einen Charakter ein Mensch hat«, bemerkte ich kühl. Mit diesen Worten nahm ich Clara auf meinen Arm.

»Vielleicht nehmen Sie die Katze besser ins Hotel, Fräulein«, sagte Müller. »Immerhin – es ist ihr altes Heim . . .«

»Siamesen sind sehr eigenwillig«, erwiderte ich. »Sie wird selbst entscheiden, wohin sie will. Aber keine Sorge, Herr Müller. Ich werde dem Chef helfen, auf das Tierchen aufzupassen.«

»Sie sind sehr gütig . . .«

John begann ungeduldig zu werden, speziell, als Müller klagte, daß die plötzliche Abreise ihn hinderte, Wintergrün auf das Grab seines Freundes Hoffmann zu bringen.

»Ich werde es für Sie tun«, sagte ich schnell. »Ich habe ohnehin schon daran gedacht, Hoffmanns Grab zu schmücken.«

Müller ergriff meine Hände und schüttelte sie gerührt. Dann erklärte er mir den Weg zum alten Friedhof. »Die Kirche dort verfällt«, sagte er bedauernd, »niemand geht mehr hin, außer denen, die noch die Gräber besuchen, und es werden immer weniger. Hoffmanns Frau liegt in einem Familiengrab, so bekam ich eine spezielle Erlaubnis, ihn an ihrer Seite zu beerdigen. Es ist das letzte in der letzten Reihe, Sie können es nicht verfehlen.«

Jetzt war Johns Geduld am Ende. Er packte Müllers Reisetasche und trug sie mit schnellen Schritten durch den Hinterausgang, zu einem schmalen Durchgang, in dem sein Wagen parkte.

Ich verabschiedete mich von Müller und küßte ihn auf die Wange. »Fröhliche Weihnachten, Herr Müller.«

»Fröhliche Feiertage, Doktor Bliss.«

John bekam keinen Abschiedskuß. Wie hätte ich es wagen können, mit meinem Vorgesetzten intim zu werden?

18

Erleichtert sah ich dem Wagen nach. Ich war John dankbar, daß er den alten Mann ohne Zeitverzug in Sicherheit brachte, an einen Ort, fern von Bad Steinbach.

Als ich in das Hotel zurückkehrte, wartete Tony schon ungeduldig auf mich. »Wo, in aller Welt, bist du gewesen?«

»Bin ich dir Rechenschaft schuldig? Vielleicht hab' ich einen alten Verehrer getroffen.«

Das entsprach sogar der Wahrheit, aber Tony nahm es mit einem ungläubigen Achselzucken hin. Er faßte mich am Arm und bugsierte mich in die Bar. Wir hatten Glück und fanden einen ruhigen Fensterplatz, von dem aus man einen grandiosen Sonnenuntergang über der Zugspitze sehen konnte. Doch er hatte keinen Sinn für Naturschönheiten. Er bestellte Bier und trank mürrisch und schweigsam seinen Krug leer, ehe er loslegte.

»Ich habe Friedl getroffen.«

»Ah. Sie hat sich gemausert, nicht wahr? Gefällt sie dir jetzt noch besser als früher?«

Er ging auf meinen lässigen Ton nicht ein. »Wenn man deinem geschwätzigen Professor glauben darf, versucht sie nichts weniger, als dich umzubringen.«

»Ein Verlust, den du sicher verschmerzen könntest. Da du dich rückversichert hast . . .«

»Hör auf damit! Das ist kein Gegenstand für Scherze.« Meinte er damit seine Verlobung oder die Gefahr, in der ich schwebte? »Wenn man zum Beispiel dich als Köder benützt, gerät automatisch auch dein Begleiter in Gefahr.«

»Hast du Angst?«

»Unsinn. Friedl war nicht nur freundlich, sondern auch mitteilsam. Und ehrlich – zumindest bis zu einem gewissen Grad.«

»Ah, du glaubst ihr bereits mehr als mir. Wahrscheinlich vertritt sie die Ansicht, ein betrunkener Wilderer hätte auf uns geschossen.«

»Im Gegenteil. Sie nimmt die Sache sehr ernst. Sie nennt die hiesige Polizei einen Haufen von Ignoranten. Und bat mich, auf dich aufzupassen. Und auch auf mich . . .«

»Natürlich. Der Bräutigam von Miß Belfort ist ein kostbares Exemplar. Darf ich dich daran erinnern, daß du dich freiwillig erboten hast, mit mir nach Bad Steinbach zu kommen? Und daß es dir freisteht, jederzeit abzureisen . . .«

Meine Ironie verfing nicht. Er blieb ernst. »Zum Abschluß unserer Unterhaltung hat Friedl eine Frage gestellt, die mir zu denken gegeben hat . . .«

»Und die wäre . . .?«

»Hast du nicht eine Nachricht von ihrem verstorbenen Mann bekommen? Etwa einen Brief oder ein Päckchen . . .«

»O doch! Aber ich habe ihr nichts davon erzählt.« Plötzlich beugte ich mich über den Tisch und faßte ihn am Arm. »Und du . . .?«

»Was ist mit mir?«

»Hast du eine Nachricht von Hoffmann bekommen?«

»Nicht daß ich wüßte. Aber dasselbe könntest du die anderen fragen: Dieter, Yvette, Rosa . . .«

»Das werde ich auch tun.«

»Friedl meint, es handelt sich um ein Kunstwerk von großem Wert. Viel mehr scheint sie selbst nicht zu wissen . . .«

»Und du bist sicher, du hast keinen Brief aus Deutschland bekommen?«

Er zuckte die Achseln. »Unser Institut bekommt Briefe von Verrückten aus aller Welt. Ich habe keine Zeit, mich damit zu beschäftigen. Da bat eine Stiftung für Psychologische Archäologie um einen Beitrag. Ein Esoteriker wollte bei uns angestellt werden, weil er in seinem früheren Leben Bildhauer in Ephesus gewesen ist. Jemand schickte ein verfälschtes Bild von Sophia Schliemann – so paß doch auf!«

Ich hatte mein Bier verschüttet. »Sagtest du: Sophia Schliemann?«

Tony trocknete seinen Pullover mit einer Serviette. »Ja, die berühmte Fotografie, auf der sie den Schmuck von Troja trägt. Doch bei näherer Betrachtung zeigte sich, daß es gar nicht Sophia Schliemann war, sondern eine andere, ältere Frau in ihrer Pose. Ich tat das Foto zu anderem ungereimten Zeug; es war nicht einmal ein Brief beigelegt . . .«

Ich überlegte einen Moment. »Es ist Zeit, daß ich mit Friedl spreche.«

»Hast du was dagegen, wenn ich dabei bin?«

»Aber nein. Vielleicht erfahren wir dann mehr. Deinem Charme kann eine Frau schwer widerstehen.«

Sie empfing uns in dem Zimmer, das ich schon kannte. Sie reichte Tony die Hand in einem Winkel, der ihn zwang, sie zu küssen. Ich verkniff mir ein Grinsen. Sie schien ehrlich erfreut zu sein, mich zu sehen, und dankbar, daß ich gekommen war. Normalerweise kann ich erkennen, wenn jemand lügt, aber im Fall von Friedl war das nicht leicht. Auch der einfachste Satz klang in ihrem Mund wie eine Lüge, und jede ihrer Bewegungen wirkte unecht und theatralisch.

Sie erwies sich – wie schon Tony bemerkt hatte – als mitteilsam. Sie erzählte uns eine lange Geschichte, aus der im Kern dreierlei hervorging. 1) Ihr Mann besaß einen verborgenen Schatz. 2) Sie wußte nicht, was es war. 3) Sie wußte nicht, wo er versteckt war.

Nun, die Fragen 1) und 2) hätte ich beantworten können, aber ich hütete mich, das anzudeuten. Denn die Frage Nummer 3 beschäftigte mich nicht weniger als Friedl und ihre Hintermänner.

»Mein armer Mann«, fuhr sie fort, konnte aber nicht weitersprechen, Schluchzen unterbrach ihren Redefluß. Sie barg ihr Gesicht in den Händen. Ich konnte nicht feststellen, wie weit ihr Schmerz um den Verstorbenen echt war oder gespielt. Schließlich konnte sie wieder sprechen. Nach einer Liebesnacht hatte Hoffmann ihr gestanden, daß er bei Kriegsende aus dem brennenden Berlin einen Schatz gerettet und vierzig Jahre lang versteckt hatte. In letzter Zeit hatte er aber zu fürchten begonnen, daß Feinde hinter ihm her waren, um sich der Kostbarkeiten zu bemächtigen.

»Feinde?« fragte Tony. »Was für Feinde . . .«

Friedl tat erstaunt über seine Naivität. »Die Russen, natürlich. Die Bolschewiken.«

»Aha«, sagte Tony.

»Mehr wollte er mir nicht verraten«, fuhr sie fort, »aus Angst, mich ebenfalls in Gefahr zu bringen. Ich schlug vor, den versteckten Schatz – der ihm ja nichts einbrachte – loszuwerden und den zuständigen Behörden auszuliefern. Doch davon wollte er nichts wissen. Er hatte ihn gerettet – unter Einsatz seines Lebens. Er gehöre ihm allein und niemand anderem . . .«

Der Fanatismus eines Kunstliebhabers! In diesem Punkt wußte ich Bescheid. Diesmal sagte Friedl zweifellos die Wahrheit.

»Als es aber Herbst wurde, begann er seine Meinung zu ändern. Bis zu diesem Zeitpunkt hatte er niemandem außer mir etwas von dem Schatz erzählt. Aber er konnte sich des Eindrucks nicht erwehren, daß seine Feinde ihn umkreisten – und immer näher kamen. Er fürchtete nicht nur um sein Leben, sondern auch um meines. Schließlich dachte er daran, sich mit Dr. Bliss zu beraten . . .« Mit einemmal richtete sie ihre großen Augen mit unschuldsvollem Aufschlag auf mich. »Sind Sie ganz sicher, Frau Doktor, daß er Ihnen das Versteck nicht verraten hat?«

Das konnte ich mit gutem Gewissen beschwören. »Wenn er auch seiner eigenen Frau nie etwas angedeutet hat . . .«

»Nie, nie!« rief Friedl. »Hätte ich mich sonst an Sie um Hilfe gewandt?«

Einen Moment blieb es still im Zimmer. Die Frage hing in der Luft. Schließlich räusperte sich Tony und sagte: »Verzeihung, Friedl – Frau Hoffmann, will ich sagen . . .«

Sie griff nach seiner Hand. »Keine Formalitäten, bitte. Schließlich sind wir alte Freunde.«

Tony brachte es tatsächlich fertig, zu erröten. Ich war erbost. »Danke, Friedl«, stotterte er. »Aber ich weiß wirklich nicht, wie wir Ihnen helfen können. Um ehrlich zu sein – haben Sie nie an die Möglichkeit gedacht, daß Ihr Gatte – sagen wir, Opfer einer fixen Idee gewesen ist? Er fühlte sich von Russen verfolgt – eine typisch paranoide Vorstellung . . .«

»Wer hat dann auf Fräulein Bliss geschossen?« rief sie.

Darauf wußte Tony keine Antwort.

»Das ist aber noch nicht alles. Bald nach Antons Tod wurde im Hotel eingebrochen. Unsere Privaträume wurden durchsucht. Verschiedene antike Möbelstücke wurden kaputtgemacht. Das können keine gewöhnlichen Diebe gewesen sein.« Wieder griff sie nach Tonys Hand. »Bitte, lassen Sie mich nicht im Stich. Helfen Sie mir, das Versteck zu finden.«

»Wir wollen unser Möglichstes tun«, versprach er. »Aber es wird nicht einfach sein. Wenn die Polizei wenigstens den Mann festnehmen könnte, der die Schüsse abgegeben hat . . .«

»Die Polizei hat nicht die Spur eines Verdachts«, erklärte Friedl.

Ich beobachtete sie scharf und sagte: »Ich habe Freddy nicht am Empfang gesehen. Ist er nicht mehr in Bad Steinbach?«

Sie war geistesgegenwärtiger, als ich erwartet hatte. Oder hatte sie vorhergesehen, daß ich von Freddy sprechen würde? »Sie wollen doch nicht andeuten, daß Freddy . . .? Unmöglich! Mein eigener Vetter . . .«

»Ich hätte gern mit ihm gesprochen«, bemerkte ich milde.

Sie senkte den Blick. »Das geht leider nicht. Er hat ja nur ausgeholfen. Und als man ihm eine bessere Stellung angeboten hat . . .«

»In Garmisch?«

»Nein. In der Schweiz.« Die Antwort kam brüsk und in einem Ton, der alle weiteren Fragen unterband. »Freddy hat nichts damit zu tun. Es waren die Russen.«

Tony zog skeptisch die Augenbrauen hoch. Nachdem wir uns mit vielen Versprechungen von Friedl verabschiedet hatten, klärte ich den verwirrten Tony über Freddys Rolle auf.

»Du magst recht haben. Er mag der geheimnisvolle Schütze gewesen sein. Seine plötzliche Abreise ist verdächtig. Vielleicht hatte er Angst, daß die Polizei die Sache doch nicht auf die leichte Schulter nimmt . . .«

Oder – überlegte ich – wenn John recht hat, flüchtete er nicht vor der Polizei, sondern vor jemand anderem. Weil er nicht getroffen hatte. Manchmal ist es gefährlich, einen Auftrag zu verpfuschen.

»Friedl hat ihm vertraut, weil er mit ihr verwandt ist. Sie ist gutgläubig wie ein Kind . . .«

Ich hielt sie weder für gutgläubig noch für kindlich. Aber ich sprach nicht davon – Tony hätte mich nur für eifersüchtig gehalten, und das wollte ich auf jeden Fall vermeiden. Allerdings war sie bestimmt nicht so intelligent, daß sie nicht von einem klügeren Kopf aufs Eis geführt werden konnte. Wer aber war dieser kluge Kopf? Hinter Friedl tauchte der Schatten einer schemenhaften Gestalt auf. War es der Mann, vor dem Freddy geflohen war, weil er ihn mehr fürchtete als die Polizei von Bad Steinbach?

19

Bad Steinbach ist ein hübsches Städtchen, aber klein. Zu klein für drei Personen – speziell, wenn einer der drei John ist. Ich schlug also vor, nach Garmisch zu fahren.

Tony war nicht gleich dafür, das Hotel zu verlassen. Was er sich hier erhoffte, konnte ich nicht erraten. Vielleicht einen neuen Anschlag auf mein Leben – oder Gunstbezeigungen der Wirtin. Jedenfalls konnte ich meinen Willen durchsetzen, und wir machten uns auf den Weg.

Es war noch früh am Tag, alle Läden waren offen. Tony

konnte es sich nicht verkneifen, sich ein Paar ›Krachlederne‹ zu kaufen – Hosen aus Hirschleder, deren Träger mit Edelweiß-Stickereien verziert waren. Dazu erwarb er einen Trachtenhut mit einem Gamsbart. Stolz besah er sich im Spiegel des Geschäftes. Ich unterdrückte einen Seufzer. Er sah aus wie Danny Kaye als Hofnarr.

Er überredete mich, einige Dirndl anzuprobieren. Ich halte es prinzipiell für überflüssig, mich der jeweiligen Landestracht anzupassen – schließlich trage ich auch in Indonesien keinen Sarong. Ich mußte aber zugeben, daß ich in einem Dirndl keineswegs so lächerlich aussah wie Tony in Lederhosen. Bevor ich noch einen Entschluß fassen konnte, sah ich ihn im Flüsterton mit dem Ladeninhaber konferieren. Ich verstand, daß er mir eines als Weihnachtsgeschenk kaufen wollte. Und ich hatte nichts für ihn. Also schlenderten wir weiter durch die Straßen, besahen uns die Schaufenster, und ich merkte mir die Dinge, die Tony besonders gut gefielen.

Unterdes war es dunkel geworden, aber Straßenlaternen und die bunte Weihnachtsbeleuchtung tauchten alles in helles Licht. Aus zahlreichen Lautsprechern erklangen Weihnachtslieder, von *O Tannenbaum* bis *White Christmas*.

John hatte mir geraten, auf bekannte Gesichter zu achten. Früher oder später würde ich auf alte Bekannte stoßen. Aber wie sollte man in dieser Menge gutgelaunter Passanten jemanden erkennen? Es war schneidend kalt geworden, und die meisten trugen Skikappen und Zipfelmützen, die das halbe Gesicht verdeckten.

Aber dann sah ich ihn. Er war nicht zu verkennen. Zwar hatte er ebenfalls eine Wollmütze über die Stirn gezogen, aber er trug – obwohl es noch lange nicht Silvester war – eine rote Pappnase, die mit einer Batterie verbunden war und in kurzen Intervallen aufleuchtete.

Im gleichen Moment hatte er mich gesehen. Sofort ließ er die Dame los, die in seiner Begleitung war, und kam auf mich zu, die Arme weit ausgebreitet. Die Nase gab erregte Leuchtsignale aus.

»Vicky! Schönste Muse mittelalterlicher Malerei! Du bist also doch errötend meinen Spuren gefolgt.« Und er umarmte mich und barg sein Gesicht an meiner Brust. Passanten starrten ihn neugierig an. Wäre eine grüne Kuh durch die Fußgängerzone getrabt, hätte sie nicht weniger Aufsehen erregt.

Tony war leicht verärgert. Er packte Dieter am Kragen und befreite mich aus seiner Umarmung. »Ja, Vicky ist in die Berge gekommen, um Ski zu laufen. Aber sie ist mit mir gekommen, nimm das zur Kenntnis!«

»Stimmt, Tony, du bist ja auch da. Ich habe dich gesehen, aber ich hielt dich für eine Vision und hoffte, du würdest dich wie eine solche in Luft auflösen. Wo ist meine Nase?«

»Hier – ich habe mir erlaubt, sie dir abzunehmen. Mußt du immer den Clown spielen?«

»Das hängt von meiner Begleitung ab. Yvette kann sich totlachen über mich.« Tatsächlich, die Frau an seiner Seite war Yvette. Ich hatte sie nicht sofort erkannt. »Als du mir einen Korb gegeben hast, Vicky, mußte ich mich nach Ersatz umsehen. Aber verrate ihr bitte nicht, daß ich dich zuerst gefragt habe. Ich habe vorgegeben, das ganze Jahr nur an sie gedacht zu haben.«

Unterdes hatte sich Yvette entschlossen, in den sauren Apfel zu beißen, zu unserer Gruppe vorzustoßen und uns gnädigst zu begrüßen. Ich verstand, sie hatte gehofft, Dieter über die Feiertage für sich allein zu behalten.

»Schau, wen ich für dich aufgetrieben habe«, rief Dieter und präsentierte uns wie Jagdtrophäen.

»Jetzt sind wir vier wieder beisammen«, bemerkte Yvette ohne großen Enthusiasmus. »Was für ein Zufall!«

»Wirklich ein Zufall«, sagte ich matt.

Als wir dann gemeinsam im Alpenhof dinierten, fragte ich mich freilich, ob das Zusammentreffen wirklich so zufällig war, wie es schien. Doch es gab gute Gründe dafür. Dieter war ein passionierter Skiläufer und Garmisch ein beliebtes Touristenzentrum. Er hatte schon vor einem Jahr Yvette den Hof gemacht, und ich wußte, daß ihre Ehe mit einem Pariser Kunsthändler im Sommer endgültig in die Brüche gegangen war. Sie sah etwas abgezehrt aus und hatte anscheinend Gewicht verloren, was aber ihrem Aussehen nicht zuträglich war. Unter dem Einfluß von reichlichem Rotweingenuß taute sie auf. Sie verlor ihre anfängliche Zurückhaltung, wies wiederholt auf unsere alte Kumpanei hin und lachte viel.

Tony benutzte das Tischgespräch, um die beiden auszuhorchen. Er hielt sich für besonders raffiniert, denn er eröffnete die Konversation mit so harmlosen Themen wie der Technik von Tintoretto und der Krone vom heiligen Stephan. Ich fand das besonders amüsant – spaßiger jedenfalls als die plumpen Witze von Dieter.

Immerhin erfuhren wir schließlich einiges über die beiden, die durch Abwesenheit glänzten. Rosa befand sich seit Monaten in Israel, wo sie bei Ausgrabungen assistierte. Jan Perlmutter hatte Dieter bei einer wissenschaftlichen Tagung getroffen. Sie hatten wenig Kontakt miteinander – obwohl sie beide in Berlin lebten und arbeiteten, blieben sie doch durch die Mauer getrennt.

»Perlmutter ist verbittert«, berichtete er. »Bei einer erhofften Promotion ist er übergangen worden. Politische Widersacher, meint er . . .« Dieter zuckte die Achseln. »Das Parkett im Osten ist glatt. Und Perlmutter ist nicht der Typ, der sich viele Freunde macht.«

Das war alles, was wir in Erfahrung bringen konnten. Wir sprachen noch kurz über das Hotel Hexenhut, das Yvette und Dieter in bester Erinnerung hatten. Yvette erinnerte sich noch an den freundlichen alten Wirt, und Dieter an die attraktive Kellnerin, deren Namen er allerdings vergessen hatte. Tony half seinem Gedächtnis nicht nach, was mich amüsierte.

Nach dem Abendessen besuchten wir noch ein Nachtlokal, in dem eine Gruppe Schuhplattler auftrat. Dieter ließ es sich nicht nehmen, sich der Gruppe anzuschließen und sich in ihrer Kunst zu versuchen. Er stellte sich dabei ziemlich ungeschickt an, und die Gäste lachten aus vollem Hals. Tony war verärgert und verlor den Rest seiner guten Laune. Wir verabschiedeten uns bald.

Zuerst sagte Tony kein Wort. Erst als wir die letzten Häuser von Garmisch hinter uns gelassen hatten, stieß er hervor: »Dieter kann es nicht sein. Unmöglich.«

»Er kann was nicht sein . . .?«

»Du weißt schon, wovon ich spreche. Aber er ist ein Narr, ein Esel. Kein Mensch bei gesundem Verstand kann ihn ernst nehmen. Hoffmann hätte sich nie einem solchen Menschen anvertraut. Dir jederzeit . . .«

»Und dir, Tony . . .?«

»Ich bin weit weg vom Schuß. Yvette in Frankreich, Rosa in Italien. Jan Perlmutter allerdings . . .«

»Die bösen Bolschewiken«, spottete ich. »Wie praktisch! Alles kann man ihnen in die Schuhe schieben.«

»Du hast gehört, was Perlmutter passiert ist. Wenn er in den Augen der Machthaber Prestige verloren hat, hat er immer noch die Möglichkeit, es zurückzugewinnen. Wenn es ihm gelingen würde, Museumsstücke in den Osten zu bringen . . .«

Ich widersprach ihm nicht. Eine ähnliche Idee war mir schon während des Desserts gekommen.

Ich wollte Tony so schnell wie möglich loswerden, denn ich plante noch eine nächtliche Visite in Herrn Müllers Laden. Doch, wie so oft, durchkreuzte Schmidt meine Pläne. Er saß in der Hotelhalle, rosig und strahlend. Als er uns erblickte, ließ er ein fröhliches Glucksen hören. »Hier bin ich.« Er war sichtlich nicht mehr nüchtern.

»Was machen Sie hier?« erkundigte sich Tony.

»Ich bin gekommen, um euch zu helfen . . .«

»Helfen?« rief Tony. »Glauben Sie, wir brauchen Hilfe von einem fetten alten Mann, der dem Alkohol zugetan ist . . .?«

»Was sagen Sie da? Wer ist fett und alt?«

Jetzt hatte auch Schmidt seine Stimme erhoben. Zum Glück war die Halle so gut wie menschenleer. Schmidt versuchte sich aus seinem Fauteuil zu erheben, was ihm aber nicht recht gelang. »Wählen Sie Ihre Sekundanten. Die Länge der Säbel dürfen Sie selbst bestimmen.«

Jetzt wußte ich, daß er total betrunken war. Mit einem kleinen Schwips forderte er nie jemanden zum Duell heraus. Tony, verwirrt, entschuldigte sich, und Schmidt nahm seine Entschuldigung huldvoll an und sagte: »Wir bleiben Freunde.«

»Wie lange sitzen Sie schon da?« wollte ich wissen.

»Seit Stunden«, antwortete er. »Stunden und Stunden. Aber ich habe Wache gehalten. Meinen Argusaugen ist nichts entgangen.«

Er erhob sich mit meiner Hilfe und machte uns geheimnisvolle Zeichen. Wir verstanden, daß wir ihm in die Bar folgen sollten. »Ich habe ihn gesehen und erkannt . . .«

Weiß Gott, von wem er sprach. Doch wir waren zu müde, um uns mit einem Betrunkenen in eine Diskussion einzulassen. Also taten wir ihm seinen Willen. Kaum hatten wir die Bar betreten, deutete er auf einen Mann, der an einem Ecktisch saß. Eine eindrucksvolle Erscheinung.

Das Profil eines Adlers. Sinnlicher Mund, hohe Stirn. Gekräuseltes braunes Haar, das über die Ohren fiel.

»Da ist er!«

Der Mann kam mir bekannt vor, aber im ersten Moment wußte ich nicht, wo ich ihn hintun sollte. Tony schüttelte bloß den Kopf. »Den hab' ich noch nie gesehen.«

»Wirklich nicht –!?« triumphierte Schmidt. »Ich bin berühmt dafür, daß ich nie ein Gesicht vergesse. Ich habe ihn nur einmal gesehen, aber ihr, die ihr ihn besser kennt, erinnert euch nicht an ihn. Jan Perlmutter . . .«

»Unsinn«, unterbrach ihn Tony. »Perlmutter ist blond und hat einen Schnurrbart. Er trägt eine Brille und . . .«

Mein Herzschlag setzte aus. Schmidt hatte recht, und Tony irrte sich. Das Profil war unverkennbar. Nur die schummrige Beleuchtung und die ungewohnte Haarfarbe hatten mich einen Moment lang getäuscht.

Es war Perlmutter. Der fünfte aus der Gruppe hatte sich eingefunden.

20

Es heißt, daß man, wenn man sein Gegenüber lange genug fixiert, dessen Aufmerksamkeit erregt. Das war diesmal der Fall. Er blickte auf, sein Blick traf meinen. Ein Schatten, der über sein Gesicht fiel, bewies mir, daß er mich erkannte. Er war es, ohne Zweifel, trotz gewisser äußerlicher Veränderungen.

Bevor ich noch reagieren konnte, war er auf den Beinen. Und hatte das Lokal durch einen Seitenausgang verlassen. Sein Platz, gleich neben der Türe, war gut gewählt gewesen.

Sollte ich ihm durch den langgestreckten Raum folgen oder versuchen, ihm den Weg durch die Halle abzuschneiden? Schmidt wollte ihm nach, strauchelte und fiel Tony in die Arme, der ihn im letzten Moment auffing. Obwohl er volltrunken war, rühmte er sich: »Mein Adlerblick täuscht sich nicht.« Dann klappte er zusammen, und wir waren beide damit beschäftigt, ihn hinauszuschleppen.

»Es wird lange dauern, bevor er vernehmungsfähig ist«, bemerkte ich trocken.

»Was tun . . .?«

»Wir müssen ihn zu Bett bringen.«

»In welches Bett . . .?«

Eine gute Frage. Schmidt hatte keine Reservierung, und das Hotel war bis auf die letzte Badewanne besetzt. Ich weigerte mich energisch, ihn in meinem Himmelbett unterzubringen. Schließlich betteten wir ihn auf die Couch in Tonys Zimmer. Sowie er lag, begann er friedlich zu schnarchen.

»Tut er das die ganze Nacht?« erkundigte sich Tony mißgelaunt.

»Nur wenn er betrunken ist«, gab ich lächelnd zur Antwort. Ich winkte dem Foto von Ann Belfort, das provozierend auf Tonys Nachttisch stand, ein Gutenacht zu und verdrückte mich.

Das Feuer im Ofen war beinahe ausgegangen; ich mußte es schüren, damit es in meinem Zimmer richtig warm wurde. Das Zimmermädchen hatte mein elegantes Nachthemd auf dem Bett malerisch ausgebreitet; ich tat es beiseite und packte meinen Flanellpyjama aus. Jetzt erst nahm ich mir Zeit, zu überlegen. Das Auftauchen von Perlmutter hatte eine neue Situation geschaffen. Ich mußte mich mit John beraten. So schnell es ging.

Hatte John nicht versprochen, Schmidt von mir fernzuhalten? Und doch war er mir auf die Pelle gerückt. Allerdings hatte er sich sehr nützlich erwiesen. Ohne seinen ›Adlerblick‹ hätte ich Perlmutter nicht sofort erkannt.

Wie konnte ich das Hotel verlassen, ohne gesehen zu werden? Ich trat ans Fenster. Das ganze Städtchen schien zu schlafen. Die Konturen der hohen Berge verloren sich im ungewissen Mondlicht. Ich zog meine Pelzjacke wieder an, trat auf den Balkon hinaus und schloß die Balkontüre hinter mir. Unter mir lag ein großer Schneehaufen. Ich ließ mich fallen. Ich fiel weich auf, aber die Kälte umfing mich wie ein eisiger Hauch. Ich sah mich um. Weit und breit kein Mensch zu sehen. Das bewies aber noch nicht, daß mich nicht irgendwo zwei feindliche Augen beobachteten.

Unsinn! Ich stapfte durch den Schnee und gelangte auf den Marktplatz. Ich hatte mich zwar unbemerkt entfernen können, aber beim Heimkommen würde mir nichts anderes übrigbleiben, als die Nachtglocke zu betätigen. Egal, sollte man ruhig wissen, daß ich noch ausgegangen war. Hauptsache, man konnte nicht erraten, woher ich kam.

Auf dem Marktplatz waren einige Fußgänger, aber keiner schien sich für mich zu interessieren. In der kleinen Gasse brannte keine Laterne. Es war stockdunkel. Ich rechnete die Anzahl der Türen aus, bevor ich sicher war, die richtige erreicht zu haben. Ich klopfte.

Kein Lichtschein leuchtete auf. Neben mir fiel etwas Weiches zu Boden. Ich erschrak, aber es war kein böswilliger Anschlag, sondern nur eine kleine Schneewächte, die sich vom überhängenden Dach gelöst hatte. Ich wollte schon umkehren, als ich mehr hören als sehen konnte, daß sich die Türe geöffnet hatte. Kein Licht drang aus dem Inneren des Ladens, aber ein Schwall von warmer Luft und der beruhigende Geruch von Sägespänen. Dann packte mich ein starker Arm und zog mich in das nachtschwarze

Innere des Hauses. Die Tür wurde lautlos geschlossen. Zwei Arme umfingen mich, ich spürte seine Lippen auf den meinen.

»Hallo, Vicky.«

»Hallo, John.«

Damit war das Begrüßungszeremoniell beendet. Er schob mich in die Werkstatt, die von einer verhangenen Lampe beleuchtet war. John hatte sich häuslich eingerichtet. Ich sah einen gepolsterten Lehnsessel beim Ofen und Flaschen auf der Werkbank. Die Katze kratzte an der Tür und verlangte energisch Einlaß.

»Das verdammte Biest! Ist sie drin, will sie hinaus, und ist sie draußen, will sie rein.«

»Siamesen sind eben launisch. Und da du die Verantwortung übernommen hast . . .«

». . . muß ich die Tür auf- und zumachen, sooft es dieser Clara gefällt. Glaubst du, es würde Müller auffallen, wenn er heimkommt und sie als Kadaver vorfindet?«

»Das käme auf den Versuch an.«

Er schenkte mir aus einer seiner Flaschen ein. Das Getränk war nicht Klasse, aber scharf. Ich hüstelte. Er fragte: »Gibt es Neuigkeiten . . .?«

»Was glaubst du, auf wen ich gestoßen bin?«

»Ich hab' dich in Garmisch gesehen. Du hast den Kerl aus Berlin getroffen. Ich habe ihn nach deinen Fotos erkannt. Und eine Frau war bei ihm . . .«

»Yvette.«

»Die hat aber anders ausgesehen als auf deinen Fotografien.«

»Sie hat eine neue Frisur.«

»Also vier von sechsen.«

»Ich bezweifle, daß Rosa auftauchen wird. Es heißt, sie sei in Israel. Aber Jan Perlmutter . . .«

»Schon eingetroffen . . .?« Er war nicht im mindesten

überrascht, als ich nickte. Es ist schwierig, einen Menschen wie John in Erstaunen zu versetzen. Jetzt miaute die Katze jämmerlich, und er ging fluchend zur Tür, um sie hereinzulassen. Sie stolzierte an ihm vorbei, ohne auch nur den Kopf nach ihm zu drehen, und kam zu mir. Ich streichelte sie; sie rollte sich zusammen und war ruhig.

»Schmidt hat Perlmutter erkannt. Trotz Brille und Schnurrbart.«

»Ist Schmidt denn hier? In Bad Steinbach . . .?«

»O ja. Obwohl du versprochen hast, ihn fernzuhalten . . .«

»Dabei habe ich meine ganze Überredungskunst aufgewendet. Ich bat ihn, dein Haus im Auge zu behalten. Ich versprach ihm jede Menge von Unterhaltung: Bomben, Banden, Überfälle . . .«

»Du mußt eben lernen, besser zu lügen.«

Das hörte er nicht gerne. Er warf mir einen bösen Blick zu. Ich mußte lachen, und er legte wieder zärtlich seinen Arm um mich.

»Wie bist du mit deinen Untersuchungen weitergekommen?«

Er wies auf Holzbretter verschiedener Größe, die er an die Wand gelehnt hatte. »Ich hab' diese Truhe zusammengesetzt, so gut ich konnte. Eichenholz. Eisenhart. Selbst Freddy muß Mühe gehabt haben, sie in ihre Bestandteile zu zerlegen. Natürlich hat er nichts gefunden. Aber . . .«, er grinste, ». . . die Spurensicherung ist tüchtiger als die Unschuld vom Lande.«

»Ah, du bist fündig geworden.«

»Nur zum Teil. Ich habe an den Holzsplittern Fasern entdeckt. Die Truhe war mit Wolle gepolstert, vielleicht auch mit Decken.«

»Das ließe darauf schließen, daß da etwas Wertvolles aufbewahrt wurde.«

»Mehr als das!« Er nahm aus seiner Brusttasche einen Umschlag aus Plastik, wie ihn Juweliere oder Kriminalisten benützen. Er ließ mich den Inhalt sehen.

»Gold!« rief ich aus.

»Goldstaub«, verbesserte er mich. »Laß den Umschlag geschlossen, es ist mehr Pulver als Metall. Aber etwas aus solidem Gold mag in der Truhe gelegen haben.«

»Das Gold von Troja«, murmelte ich.

»Sehr wahrscheinlich. Friedl muß davon gewußt haben. Sie ließ nach dem Tod ihres Mannes die Truhe zerhacken. Sie müssen maßlos enttäuscht gewesen sein – Friedl und dieser Freddy und womöglich noch jemand, der dahintersteckt. Die Truhe war leer. Goldstaub an den Spänen, das war alles, was sie gefunden haben. Hoffmann hatte den Schatz unterdes anderswo versteckt.«

»Vielleicht«, überlegte ich, »war er in der Zwischenzeit klug geworden und hatte gelernt, seiner Frau zu mißtrauen.«

»Durchaus denkbar.«

»Friedl weiß nicht, wohin ihr Mann das Gold gebracht hat. Tony läßt seine Verführungskünste spielen, um sie auszuhorchen . . .«

»Das beweist noch lange nicht seine Unschuld.«

»Hör endlich auf damit. Du bist nur eifersüchtig, weil er größer ist als du und besser aussieht.«

»Habe ich Grund zur Eifersucht?«

Ich lächelte geheimnisvoll. Es ist immer ratsam, Männer im unklaren zu lassen. Er fluchte.

»Ich bin zwar nicht so überzeugt wie du, daß er eine blütenweiße Weste hat«, sagte er nach einigem Überlegen. »Aber wenn du dich in ihm täuschst, weiß er ohnehin Bescheid, und du brauchst nicht länger mit ihm Katz und Maus zu spielen. Wenn er aber ein Unschuldslamm ist, ist es zu spät, ihn aus der Frontlinie zu nehmen. Er ist mit dir gesehen worden, man hält ihn für deinen Partner und wirft ihn mit dir in einen Topf.«

»Das hast du wunderbar formuliert. Du meinst, wenn es um die Beseitigung von Mitwissern geht . . .«

»Genau das wollte ich sagen«, erwiderte er boshaft. »Je mehr du dich mit ihm einläßt, in desto größere Gefahr bringst du ihn.«

»Vielen Dank. Ich werde nicht zögern, Tony davon Mitteilung zu machen.« Ich erhob mich indigniert. »Jetzt muß ich aber gehen. Wenn im Hotel mein Verschwinden bemerkt wird, wird man die Polizei auf die Suche schikken, und die Bergwacht mit Hunden.«

»Das würde ich riskieren«, meinte er, »wenn du mir noch ein Stündchen Gesellschaft leisten würdest . . .«

»Ich denke gar nicht daran«, lehnte ich energisch ab. Ich verließ die Werkstatt und ging zur Ladentür. Die Katze begleitete mich. Ich dachte schon, sie würde mit mir kommen. Doch kaum hatte ich die Türe geöffnet, wehte von der Straße ein eisiger Luftzug herein, und Clara wandte sich entrüstet ab und kehrte in die Wärme des Hauses zurück.

21

Es dauerte ziemlich lange, bis ich einschlafen konnte. Dementsprechend war ich noch keineswegs völlig wach, als Schmidt am nächsten Morgen erschien, um mich zum Frühstück abzuholen. Es stand in Tonys Zimmer für uns drei bereit.

Schmidt, völlig ausgeschlafen, war bester Laune. In seinem orangefarbenen Skikostüm sah er aus wie ein lebender Kürbis. Tony hatte zum Glück kräftig einheizen lassen, denn unter der Lederhose waren seine Knie unbedeckt.

»Wir haben eine Menge zu diskutieren«, erklärte Schmidt. »Wir müssen den Fall von Grund auf analysieren ...«

»Ohne mich«, unterbrach ich ihn. »Es gibt keinen Fall.« Ich setzte mich verschlafen.

»Trink erst deinen Kaffee«, riet Tony. »Du bist noch gar nicht ganz bei dir.«

»Das mag sein«, antwortete ich. »Aber ich habe genug von allen Spielchen. Ich ziehe mich zurück. Ich erkläre hiermit meine Demission.«

»Zu spät«, triumphierte Schmidt. »Sie können nicht mehr zurück.«

»Die Polizei sucht dich, liebe Vicky«, fiel Tony ein. »Du bist jetzt gezwungen, den Fall zu lösen ...«

»... um dich von jedem Verdacht zu befreien.«

Ich schüttelte energisch den Kopf, um endgültig wach zu werden. »Wovon redet ihr eigentlich? Was für ein Verdacht? Was will die Polizei von mir?«

»Es handelt sich natürlich um den toten Mann in Ihrem Garten«, erklärte Schmidt vergnügt.

Ich glaubte immer noch zu träumen. »Ein toter Mann im Garten ...?«

»Der gute John Smythe hat mich rechtzeitig darauf hingewiesen, daß ich Ihr Haus im Auge behalten sollte.«

»Er hat Ihnen von einem toten Mann erzählt?«

»Nicht direkt. Er sagte nur, daß ein Anschlag auf Ihr Leben zu erwarten sei. Den Rest konnte ich mir zusammenreimen. Es gibt eben Menschen, die meinen Scharfsinn höher einschätzen als Sie. Und er bat mich, Sie sofort davon zu verständigen, wenn etwas Ungewöhnliches passiere. Nun – ich kann einen toten Mann immerhin als ›ungewöhnlich‹ einstufen ...«

»Er hat mir die Geschichte schon eine Stunde lang erzählt«, sagte Tony müde. »Seit er aufgehört hat zu schnarchen. Ich konnte den Rest deines Schlafes nur mit Mühe retten . . .«

»Danke schön.«

»Es wäre natürlich klüger gewesen, er wäre schon gestern nacht mit der Sache herausgerückt . . .«

»Oh, da gab es Wichtigeres zu tun«, unterbrach ihn Schmidt. »Ich mußte mich um den Spion aus Ostberlin kümmern . . .«

»Schmidt«, ermahnte ich ihn sanft. »Sie waren so betrunken, daß Sie einen Spion nicht von einem Brontosaurus hätten unterscheiden können.«

»Oho! Spione sind vor hundert Millionen Jahren noch nicht über die Erde gestampft.«

»Jetzt erzählen Sie erst mal, was wirklich geschehen ist.«

Das tat er dann, wenn auch auf eine ziemlich umständliche Art und unter Erwähnung vieler überflüssiger Details. Er war in meinem Haus angekommen, kurz nachdem ich es mit Tony verlassen hatte. Er war mit seinem mitgebrachten Proviant relativ lange ausgekommen, aber kurz vor Einbruch der Dunkelheit hatte er sich aufgemacht, um von einer nahen Gaststätte Nachschub zu holen. (Regensburger Würste, Brot und Bier.) Auf dem Heimweg wurde er von einer wilden Bestie angefallen, die er als eine Art Hund von Baskerville beschrieb. Ich konnte aber erraten, daß es der Dackel vom Nachbarhaus gewesen war. Er rettete sich in meinen Garten, aber es gelang dem Hund, mit ihm durchs Tor zu schlüpfen. Dann ließ das Tier davon ab, Schmidts Beine zu attackieren und begann plötzlich am Gartengitter im Schnee zu graben.

Schmidt wurde aufmerksam. Der Dackel grub und grub. Alsbald kam die Leiche eines Mannes zum Vorschein, der trotz der winterlichen Kälte ein Hawaii-Hemd trug. Es gehörte nicht viel Fantasie dazu, Freund Freddy zu identifizieren. Er wies mehrere Stichwunden auf. Aber im Schnee war keine Spur von Blut zu entdecken. Er mußte schon lange tot gewesen sein, als ihn die Menschenfreunde in meinem Garten deponiert hatten.

»Ich hab' den Hund mit einiger Mühe auf die Straße gesetzt, sonst hätte er weitergegraben. Das Gittertor hab' ich sorgfältig zugesperrt. Wie John Smythe mich gebeten hatte, bin ich Ihnen sofort nachgefahren, um Meldung zu erstatten, aber Sie haben sich in Garmisch herumgetrieben. Und bis Sie gekommen sind, habe ich Perlmutter ausfindig gemacht . . .«

»Haben Sie nicht die Polizei verständigt?«

»Nein. Wozu auch? Sie hätten mich nur mit Fragen festgehalten, und ich wollte möglichst schnell zu Ihnen. Man wird die Leiche schon rechtzeitig finden. Sie liegt offen am Gartentor.«

Ich sprang auf. »Ich fahre sofort nach München zurück und werde mich bei der nächsten Polizeidienststelle melden. Und ihr beide kommt mit . . .«

»Unmöglich«, unterbrach mich Tony. »Ich habe Wichtigeres zu tun.«

»Und das wäre . . .?«

»Friedl – ich meine, Frau Hoffmann – ist so liebenswürdig, mir in die Papiere ihres verstorbenen Mannes Einsicht zu gewähren. Er scheint Notizen hinterlassen zu haben, die Aufschluß darüber geben können, wo das Gold von Troja zu finden ist. Du hast mir vieles verheimlicht, Vicky, und ich finde das nicht in Ordnung. Vielleicht bist du eifersüchtig, weil ich mein Herz einer anderen geschenkt habe. Oder du grollst mir noch immer wegen der Riemenschneider-Sache . . .«

»Bilde dir keine Schwachheiten ein, Tony. Und warum

sollte ich dir wegen des Riemenschneider-Fundes grollen? Es war ein gemeinsamer Erfolg . . .«

»Eben deshalb. Du nimmst mir übel, weil du den Ruhm mit mir teilen mußtest.«

»Er hat recht«, rief Schmidt. »Vicky, Sie behalten Ihre Geheimnisse immer für sich. Vielleicht sind Sie John Smythe gegenüber offenherziger.«

»Wer ist dieser Kerl überhaupt?« fauchte Tony. »Was hat er mit dir und der ganzen Sache zu tun?«

»Oh, das weiß ich sehr gut«, erklärte Schmidt. »Smythe ist Mitglied einer geheimen Organisation, deren Aufgabe es ist, Fälschungen von Kunstwerken aufzudecken.«

»Eine Organisation, die so geheim ist, daß niemand je von ihr gehört hat. Alles Lügen. Er ist wahrscheinlich ein Gauner, der selbst hinter dem Gold her ist, und Vicky – in ihrer grenzenlosen Naivität – vertraut ihm.«

Die beiden hörten nicht auf, auf mir herumzuhacken, bis es mir zu bunt wurde und ich mit der Faust auf den Tisch schlug. »Genug damit! Ich bin keinem von euch Rechenschaft schuldig. Und ich habe schon einmal gesagt, ich will mit der ganzen Sache nichts weiter zu tun haben. Ihr mögt mich für zimperlich halten, aber ich mag keine Leichen in meinem Garten.«

»Aber das Gold . . .«

»Vielleicht gibt es in Hoffmanns Papieren einen Hinweis.«

»Du kannst ja dein Glück versuchen, Tony. Aber du kannst dich drauf verlassen, daß die schöne Friedl die Papiere schon sehr gründlich untersucht hat.«

»Ich weiß nicht, warum du gegen die arme Frau so voreingenommen bist«, sagte Tony. »Aber selbst wenn sie so ist, wie du sie einschätzt – was noch keineswegs bewiesen ist –, mag ich vielleicht etwas finden, was sie übersehen hat. Ohne übertrieben eitel zu sein, würde ich behaupten, daß ich etwas intelligenter bin als sie.«

»Zugestanden.«

»Außerdem sollten wir unsere Kollegen unter die Lupe nehmen. Vorläufig wissen wir nur, daß du und ich Kopien des Fotos von Frau Schliemann bekommen haben . . .«

»Es war nicht Frau Schliemann, sondern Anton Hoffmanns erste Frau.«

»Eine der Erkenntnisse, die du uns vorenthalten hast. Aber haben auch Dieter und Yvette und Jan Perlmutter ein solches Foto bekommen? Überleg doch mal. Ich bin zufällig hier, und ich gebe zu, daß ich hinter dem Foto kein Geheimnis vermutet habe. Daß Dieter hier ist, um Ski zu laufen, mag nicht auffällig sein, auch nicht, daß er sich mit Yvette getroffen hat. Aber daß Perlmutter hier auftaucht, und in einer Art Verkleidung . . .«

»Tony!« rief ich. »Wenn deine Theorie stimmt, dann ist einer von ihnen ein Killer.«

»Genau. Deshalb kommt es uns zu, herauszufinden, wer von ihnen.«

»Ich tippe auf Perlmutter«, meinte Schmidt. »Warum weicht er uns aus? Was ist der Grund für seine Maskerade?«

»Vielleicht gibt es gar keinen Killer«, sagte ich. »Vielleicht gibt es gar keinen Zusammenhang zwischen den Fotos und dem Gold von Troja, dessen Existenz noch gar nicht bewiesen ist, und dem toten Freddy in meinem Garten . . .?«

»Vicky, du redest wirr. Du glaubst ja selbst nicht, was du sagst.«

»Mag sein. Aber ich werde in München einen befreundeten Anwalt aufsuchen, und er soll die ganze Geschichte mit einem höheren Kriminalbeamten klären und . . .«

»Sie ist sehr leicht entmutigt«, erklärte Tony. »Aber sowie wir eine neue Spur finden, wird sie ihre Meinung ändern. Was hältst du davon, mit uns nach Garmisch zu fahren und Dieter und Yvette in die Zange zu nehmen?«

»Es ist hierzulande verboten, die dritte Person anzuwenden«, erwiderte ich. »Außerdem habe ich etwas ganz anderes vor, bevor ich nach München fahre.«

»Ich verstehe. Sie wollen Perlmutter suchen!« rief Schmidt. »Ich mache mich mit Ihnen auf die Suche, während Tony die Papiere von Hoffmann durchsieht.«

»Ich denke gar nicht daran, Perlmutter zu suchen.«

»Was sonst haben Sie vor?«

»Ich will das Grab eines alten Freundes mit Blumen schmücken.«

22

Bevor wir uns noch einigen konnten, wurden wir durch den Eintritt eines Zimmerkellners unterbrochen. Er teilte uns mit, daß die ›gnädige Frau‹ uns zu sehen wünsche. Nach kurzem Zögern willigte ich ein, die beiden Männer zu begleiten. Freilich nicht im Schlafrock.

»Zieh dich an, aber beeil dich«, sagte Tony. »Ich bin neugierig, was sie uns zu sagen hat.« Und Schmidt rieb sich die Hände. »Vicky kommt mit. Sie gibt nicht auf, ich hab's gewußt.«

Es stellte sich schnell heraus, daß Friedl uns nicht nur nichts zu sagen hatte, sondern, im Gegenteil, daran interessiert schien, uns auszuhorchen. Sie wollte unbedingt wissen, ob wir auf irgendwelche Spuren des trojanischen Goldes gestoßen waren.

Tony und Schmidt begannen gleichzeitig zu reden. Ich

schnitt beiden das Wort ab. »Es gibt keinerlei Beweise, Frau Hoffmann, daß Ihr Gatte irgendwelche Antiquitäten von besonderem Wert besessen hat. Falls das aber der Fall gewesen ist, fanden wir keinen Hinweis darauf, was er damit getan haben könnte.«

Friedl war sichtlich enttäuscht. Sie hatte zumindest eine Ermunterung erwartet, wenn nicht gar eine Spur, die ihr hätte weiterhelfen können.

»Und jetzt entschuldigen Sie mich, bitte«, fuhr ich fort. »Ich habe heute vormittag einiges vor.«

»Ich nicht«, sagte Tony knapp.

Sofort wandte sie sich ihm zu, mit flatternden Augenbrauen, und ergriff seine Hände. »Sie werden also bleiben? Sie werden mir helfen ...?«

Tony ist der Typ, der hilfeheischenden Frauen nicht zu widerstehen vermag. »Sicher, gnädige Frau. Und da Sie mir Erlaubnis gaben, die Papiere Ihres verstorbenen Gatten einzusehen ...«

Sie nickte eifrig und konzentrierte sich auf das andere männliche Wesen. »Und Sie, Herr Direktor ...?«

Instinktiv hatte sie Schmidts schwache Stelle erkannt: seine Eitelkeit. Er warf sich in Positur und gab sich geheimnisvoll. »Ich will einige Ermittlungen anstellen, ohne gestört zu werden«, erklärte er mysteriös. Friedl dankte ihm mit bewegten Worten, wenn auch nicht so überschwenglich wie Tony. (Schmidt war auch älter und weniger attraktiv.)

»Und Sie, Frau Doktor?« wandte sie sich an mich. »Ich habe gehört, daß Sie abzureisen gedenken ...«

Das konnte sie unmöglich schon gehört haben. Ich nahm es eher als Wink mit dem Zaunpfahl, der mich zum Widerspruch reizte.

»Ich habe eigentlich vor, noch einen Tag zuzulegen. Ich habe versprochen – vielmehr, ich habe mir vorgenommen, das Grab Ihres Gatten zu schmücken, mit Blumen und etwas Grün. Ich fand ihn überaus sympathisch, und in meiner Heimat ist das üblich . . .«

Sie hatte die Augenbrauen hochgezogen. »Es ist auch bei uns üblich.«

»Würden Sie gern mit mir kommen?«

»Lieber Gott, nein!« Nach ihrem Gesichtsausdruck hätte man annehmen können, ich hätte sie zum Besuch eines Leichenschauhauses eingeladen. Sie korrigierte auch sofort ihre spontane Reaktion. »Das wäre zu schmerzlich für mich.« Sie betupfte mit einem Spitzentuch ihre Augen. »So kurz nach seinem – seinem Ableben. Ich brauche Zeit, um darüber hinwegzukommen.«

Sie versprach noch, die Papiere, die Tony durchsehen wollte, auf sein Zimmer bringen zu lassen, und verabschiedete uns. Wir waren in Gnaden entlassen.

Schon im Korridor begannen wir heftig zu debattieren. »Du läßt sie deine Antipathie zu deutlich fühlen«, warf Tony mir vor.

»Ich wollte nur ihre Reaktionen beobachten. Sie war reichlich aufgekratzt . . .«

»Nachdem sie ihren Liebhaber umgebracht hat, könnte sie entspannter sein«, sagte Schmidt mit voller Lautstärke. Wir packten ihn und zogen ihn die Treppe hinauf.

»Das ist eine unbewiesene Beschuldigung«, meinte Tony ernst. »Doppelte Verleumdung . . .«

»Nur eine einfache. Sie und Freddy waren ein Liebespaar, darauf kannst du dich verlassen. Aber umgebracht hat sie ihn sicher nicht. Vielleicht weiß sie noch gar nicht, daß er tot ist.«

»Soll ich es ihr sagen?« fragte Schmidt eifrig.

»Nein. Je weniger sie von uns erfährt, desto besser. Sie ist unsicher. Sie weiß nicht recht, ob sie uns loswerden oder ausnützen möchte . . .«

»Klar«, meinte Tony. »Nicht sie ist es, die die Entscheidungen trifft. Wenn ich nur wüßte, wer es für sie tut . . .«

Unwillkürlich mußte ich lächeln. »Du bist doch nicht so naiv, wie ich gefürchtet habe, Tony.«

»Danke für das Kompliment. Auch wenn es besagt, daß du mich bis jetzt für einen Idioten gehalten hast . . .«

»Zu schade, daß wir ihr Telefon nicht abhören können. Ich möchte wetten, sie gibt gerade alles weiter, was sie von uns gehört hat. Auch wenn es nicht viel war – ich habe euch ja immer im richtigen Moment unterbrochen . . .«

»Ha!« rief Schmidt. »Vicky ist wieder interessiert. Ich wußte es ja, ich kenne sie gut.«

Ich würdigte ihn keines Blickes. Ich ging in mein Zimmer, um mich für die Ausfahrt anzuziehen. Schmidt folgte mir wie ein treuer Hund, auch auf die Straße und bis zur Blumenhandlung.

»Sie wollen also tatsächlich das Grab vom alten Hoffmann schmücken?«

»Natürlich? Was haben denn Sie gedacht?«

»Daß es ein Vorwand ist. Sie stecken immer voller Finten, Vicky. Haben Sie was dagegen, wenn ich mitkomme?«

»Sie sind ein mißtrauisches Aas. Aber bitte – wenn Sie wollen . . .«

»Ich glaube, der Friedhof liegt außerhalb des Ortes. Vielleicht werden Sie meinen Schutz nötig haben.«

Der Gedanke an eine mögliche Gefahr war mir bislang nicht gekommen. Und ich wollte beim Friedhofsbesuch allein sein. »Perlmutter!« rief ich unvermittelt.

Er zuckte zusammen. »Wo?«

»Er ist gerade aus dem Zigarrenladen gekommen.«

»Dort hinten?«

»Nein. Wo die kleine Gasse mündet. Er ist gerade eingebogen. Schnell, Schmidt, bevor er verschwindet . . .«

»Ich hefte mich an seine Fersen!« rief Schmidt und lief in die angegebene Richtung.

Natürlich hatte ich Perlmutter nirgendwo gesehen. Wenn Schmidt mir schon vorwarf, daß ich voller Finten steckte, sollte er auch recht behalten. Ich ging schnell in die entgegengesetzte Richtung, zu Müllers Laden.

Diesmal hatte ich kein Glück. Ich konnte klopfen, soviel ich wollte, niemand öffnete mir. John war nie da, wenn man ihn brauchte.

Wenn eine Katze plötzlich auftaucht, weiß man nie genau, woher sie kommt. Jedenfalls stand Clara mit einemmal vor mir, miaute und rieb ihren Kopf an meinem Bein. Sie folgte mir auf den Parkplatz, und als ich die Wagentür öffnete, sprang sie ins Auto und streckte sich der Länge nach auf dem Rücksitz aus, als wäre es ihr angestammtes Recht. Nun, ich hatte gegen eine Begleitung, die garantiert nicht sprechen konnte, nichts einzuwenden.

Müller hatte mir den Weg zum Friedhof beschrieben. »Sie können ihn nicht verfehlen«, hatte er gesagt. Er hatte recht. Wenn man von der Hauptstraße, die nach Garmisch führte, abbog, geriet man auf einen steilen Weg, der kaum eine Ausweichmöglichkeit bot. Ich war froh, daß mir kein Fahrzeug entgegenkam. Die Straße war ursprünglich wohl für Holztransporte gebaut und dann für den modernen Verkehr erweitert worden. Die hohen Bäume warfen tiefe Schatten; ich schaltete die Lichter ein. Allerdings war der Weg nicht weit, sehr bald konnte ich die Spitze des Kirchturms erkennen.

Der Friedhof erstreckte sich, wie üblich, rund um die Kirche. Eine niedrige Mauer umgab ihn, umschloß ihn aber nur auf zwei Seiten. Vor der Kirchentür lud ein kleiner freier Platz zum Parken ein. Ich hielt und stieg aus.

Stille. Absolute Stille. Tanzende Schneeflocken schienen die unheimliche Stille nur noch zu verstärken. Von hier aus konnte man die Skihänge nicht sehen, und es war kaum vorstellbar, daß in nicht allzu großer Entfernung Menschen sich vergnügten und lachten und Bier tranken.

Ich hätte sogar das Schnurren der Katze als Äußerung eines Lebewesens begrüßt, doch Clara lag reglos auf der weichen Polsterung und schlief.

Die Kirchentür war verschlossen. Ich bezweifelte, daß hier vor geraumer Zeit ein Gottesdienst abgehalten worden war.

Die Grabsteine waren verwittert. Viele Daten reichten bis ins vorige Jahrhundert zurück. Sehr wahrscheinlich gab es in der Umgebung von Bad Steinbach einen neueren Friedhof, denn es war auffällig, daß hier kein einziger Angehöriger das Grab seiner Lieben besuchte. Wahrscheinlich war Anton Hoffmann hier beerdigt worden, weil seine erste Frau zu einer der alteingesessenen Familien gehört hatte.

Ich hatte erwartet, irgendwelche Trauergäste anzutreffen. Die Stille und die Einsamkeit machten mich erst betroffen, dann ängstlich. Wenn es jemand auf mein Leben abgesehen hatte, war das der Moment und der Platz, mich aus dem Weg zu räumen. Ich hätte doch nicht auf Schmidts Begleitung verzichten sollen. Wenn statt der Katze Cäsar bei mir gewesen wäre . . .

Ich riß mich zusammen. Ich hatte ein Versprechen einzulösen. Ich ging die Reihe der Grabsteine auf und ab. Ich mußte nicht lange suchen. Hoffmanns Grab lag am äußersten Rand des Kirchhofs. Der Stein aus grauem Granit enthielt außer dem Namen keine Inschrift.

Ich dekorierte das Grab mit den Pflanzen, die ich mitgebracht hatte – Rotdorn und Erika. Die verwelkten Blumen hatte ich vorher ausgerissen. Sie mochten noch vom Begräbnis stammen, und ich hatte den Verdacht, daß seither niemand hierhergekommen war, um nach dem Rechten zu sehen. Das Grab machte einen vernachlässigten Eindruck, und ich war froh, daß der Schnee eine gnädige Decke darüber gebreitet hatte.

Nun, ich ließ es in einem halbwegs zufriedenstellenden Zustand zurück. Herr Müller, sollte er sich auf den beschwerlichen Weg hier herauf machen, würde mit mir zufrieden sein.

Ich wandte mich schon zum Gehen, als ich hinter mir ein Geräusch hörte. Ich erschrak, ich hatte das deutliche Gefühl, daß ich nicht mehr allein war. Ich mußte mich beinahe zwingen, mich umzudrehen.

Ich schalt mich eine hysterische Närrin. Es war die Katze. Sie mußte aus dem Wagen geglitten sein, als ich die Pflanzen aus dem Auto geholt hatte.

Sie hatte eine der roten Beeren abgebissen und spielte damit. Ich wollte sie verscheuchen, aber sie entkam mir leichtfüßig und kehrte sofort wieder auf die Grabstätte zurück. Ich ließ sie gewähren. Herrn Hoffmann würde es nichts ausmachen. Besser eine spielende Kreatur aus Fleisch und Blut als eisiger Wind und frostige Stille.

Jetzt sprang Clara auf das Grab von Frau Hoffmann und ging dazu über, ihren eigenen Schwanz zu jagen. Sie fegte Schnee beiseite, und darunter kam ein Stück Erde zum Vorschein und einige verwelkte Blumen. Mein Blick fiel auf eine weiße Knolle, und ich bückte mich, um sie mir näher anzusehen.

Es war eine Blumenzwiebel. Nach der Größe zu schätzen, von einer Tulpe oder Narzisse. Sie mußte in der Erde gelegen haben, doch der Boden schien sich durch den Frost gehoben zu haben und aufgesprungen zu sein. Dabei hatte er die Zwiebel aus dem schützenden Grund gestoßen.

Sie würde den Winter nicht überstehen. Ich kniete mich hin, um sie wieder in das schützende Erdreich zurückzubetten, aber das war unmöglich. Kein Spalt bot sich an, die Erde war steinhart gefroren.

23

Nach der Einsamkeit des Friedhofs machte Bad Steinbach den Eindruck einer belebten Metropole. Meine Schultern schmerzten; ich war, in Erwartung einer Attacke, mit eingezogenem Kopf gefahren. Das hatte Schmidt mit seiner Warnung auf dem Gewissen.

Auf dem Marktplatz war mehr Betrieb als sonst. Männer in Trachtenanzügen errichteten eine Art Tribüne und stellten Bänke auf. Ich entsann mich, daß in der Nacht eine öffentliche Weihnachtsfeier stattfinden sollte. Fröhliche Weihnachten. Ich fühlte mich alles andere als fröhlich. Mit einer steifgefrorenen Leiche in meinem Garten und einem mutmaßlichen Mörder in meiner unmittelbaren Nähe.

Ich öffnete die Wagentür. Die Katze sprang heraus und ging, ohne einen Blick an mich zu verschwenden, in die Richtung von Müllers Laden. Würde sie John zu Hause antreffen?

Als ich meinen Zimmerschlüssel verlangte, wurden mir eine Menge Nachrichten ausgehändigt. Die erste stammte von Tony. ›Dieter und Yvette waren hier. Wir sind am Kreuzeck beim Skilaufen, komm doch nach.‹ Die nächste war handgeschrieben. ›Sensationelle Neuigkeiten! Kommen Sie sofort auf mein Zimmer.‹ Keine Unterschrift, doch der Stil war unverkennbar der von Schmidt.

Der Rest bestand aus vielen Telefonnachrichten gleichen Inhalts. »Der Herr hat alle zehn Minuten mit Ihrem Zimmer telefoniert . . .«

»Aber mich nie erreicht«, sagte ich zufrieden. Sensationelle Neuigkeiten? Wahrscheinlich hatte er in Bad Steinbach eine Zentrale des sowjetischen Geheimdienstes entdeckt. Da er über kein eigenes Zimmer verfügte, nahm ich an, daß er Tonys meinte. Ich stieg hoch und klopfte an die Tür.

»Herein.«

Schmidt machte Brotzeit, was mich nicht überraschte. Auf dem Tisch standen halbgeleerte Platten und Bierflaschen. Auf der anderen Seite des Tisches saß Jan Perlmutter.

Schmidt stieß einen triumphierenden Schrei aus. »Endlich, Vicky! Schauen Sie her, ich hab' ihn gefangen.«

Perlmutter erhob sich und verbeugte sich etwas steif vor mir. »Guten Tag, Frau Doktor. Ich muß Herrn Direktor Schmidt korrigieren. Er hat mich keineswegs – wie er sich auszudrücken beliebt – gefangen . . .«

Ich unterbrach ihn. »Blond haben Sie mir besser gefallen, Jan.«

»Oh, dann muß mein braunes Haar schleunigst verschwinden«, sagte er schnell. »Ich bin nicht gefärbt. Ich trage nur eine Perücke.« Und er zog sie sich vom Kopf. Blondes kurzes Haar in Bürstenhaarschnitt kam zum Vorschein. Aus einer Jackentasche holte er ein Futteral, dem er eine Brille entnahm. Er setzte sie auf. Jetzt glich er wieder dem Jan Perlmutter, wie ich ihn gekannt hatte, auch wenn er keinen Schnurrbart trug.

Jan sagte: »Als ich auf der Straße den ehrenwerten Herrn Direktor erkannte, freute ich mich, ihn begrüßen zu dürfen . . .«

»Lüge, Lüge!« rief Schmidt. »Er versuchte mir zu entkommen. Ich mußte einen Doppelnelson und einen Nierenanker applizieren, um ihn ins Hotel zu kriegen . . .«

»Schmidt, lassen Sie ihn doch ausreden. Er will sicher eine Erklärung abgeben.«

Statt einer Antwort zog Jan die bewußte Fotografie aus der Tasche und reichte sie mir. Ich traute meinen Augen nicht. Die Frau auf dem Foto war nicht die Gattin von Hoffmann, sondern die echte Sophia Schliemann.

»Das Bild kam in einem Umschlag, der an mich adressiert war«, erklärte Perlmutter. »Und es enthielt eine Botschaft. Werfen Sie einen Blick auf die Rückseite, Vikky . . .«

Ich las: ›Was ist mit dem Gold von Troja geschehen? Fragen Sie doch Herrn Anton Hoffmann, ehemals Kurator des Staatlichen Museums in Berlin und derzeit Gastwirt in Bad Steinbach (Hotel Hexenhut).‹

»Deshalb bin ich hier. Ich habe natürlich sofort meinem Vorgesetzten Meldung erstattet.« Dieser wurde beinahe vom Schlag gerührt, als er auf eine Spur des seit Kriegsende verschwundenen Schatzes stieß. Er hatte Anton Hoffmann gekannt, als er noch ein junger Kurator gewesen war, und angenommen, er sei längst verstorben. Er hatte Perlmutter beauftragt, sogleich Nachforschungen an Ort und Stelle anzustellen. ». . . ich kannte ja das Hotel Hexenhut, und die geheimnisvolle Botschaft war an mich gerichtet gewesen.«

»Besitzen Sie das volle Vertrauen Ihres Vorgesetzten?« fragte ich unhöflich.

Perlmutter erwiderte knapp: »Selbstverständlich. An meiner Loyalität gab es niemals Zweifel.«

»Aber, warum die Verkleidung . . .?«

»Ich hatte von Anfang an den Verdacht, daß ich nicht der einzige bin, der ein Schliemann-Foto erhalten hat. Und mein Verdacht wurde schnell bestätigt.«

Ich wies auf Schmidt. »Seinetwegen . . .?«

»Nein. Daß Sie Ihren Vorgesetzten eingeweiht hatten, mußte ich voraussetzen. Aber ich habe gesehen, daß Dieter in euer Museum gekommen ist.« Ich erinnerte mich an Dieters Besuch und die Papierschlange. »Und dann kam Tony aus Amerika. Da wußte ich, daß der kapitalistische Westen entschlossen ist, das Gold von Troja für sich zu vereinnahmen . . .«

»Was für ein Unsinn!« rief ich.

»Ach, wirklich? Sollte es ein Zufall sein, daß Dieter Wustrow hier auftauchte, um Ski zu laufen. Und daß die famose Yvette bei ihm ist – frisch aus Frankreich importiert . . .?«

Darauf wußte ich nichts zu erwidern.

»Sie, Vicky, sind wahrscheinlich am besten informiert. Sie haben den alten Hoffmann gut gekannt, er hat Ihnen Blumen aufs Zimmer geschickt . . .«

»Sie tun so, als hätte es eine Affäre zwischen uns gegeben, Perlmutter. Was für ein Quatsch! Wir haben lange Gespräche geführt, das ist richtig, aber nie hat er etwas vom trojanischen Gold erwähnt, ob Sie's glauben oder nicht.«

»Oh, ich glaube Ihnen. Wüßten Sie, wo das Gold ist, wären Sie jetzt nicht hier, um es zu suchen.« Er begann zu lächeln, aber seine Augen glänzten hart, wie bunte Kieselsteine. Er preßte seine Fingerspitzen aneinander und fing an zu dozieren: »Ich will euch sagen, was ich vermute. Hoffmann hatte beschlossen, sein Geheimnis mit ins Grab zu nehmen. Er sandte die Botschaft an uns, um uns hier zu versammeln und um sein Geheimnis preiszugeben. Schließlich ist unsere Gruppe so gut wie ein internationales Komitee – Experten für antike Kunst. Er wollte sich keiner Einzelperson anvertrauen, sondern nur Fachleuten, bei denen er annehmen konnte, in ihren Händen wäre der

Schatz am besten aufgehoben. Bei fünf oder sechs Personen könnte keiner alle anderen austricksen . . .«

»Dieser Gedanke ist mir bisher noch nicht gekommen«, sagte ich. »Aber die Theorie hat etwas für sich.« Ich fragte mich, was wohl John zu diesen Mutmaßungen sagen würde.

»Es ist närrisch, daß wir gegeneinander arbeiten, statt gemeinsam«, führte Perlmutter aus. »Wir sind schließlich Gelehrte und keine Verbrecher. Ich wenigstens bin der Meinung, daß das Gold von Troja rechtmäßig keinem Land und keinem Museum gehört, sondern der ganzen Welt.«

»Ihre Ansichten verdienen allen Respekt«, erwiderte ich. »Aber ich fürchte, wir streiten um des Kaisers Bart. Niemand von uns weiß mit Sicherheit, ob Hoffmann überhaupt den Schatz besessen hat. Und wenn, besitzt niemand Anhaltspunkte dafür, wo er ihn verborgen haben mag. Das Gebirge ringsum bietet Tausende von Verstekken . . .«

Schmidt wollte etwas sagen, aber ich brachte ihn rechtzeitig zum Schweigen, indem ich ihm ein letztes Stück Wurst in den Mund steckte.

»Was schlagen Sie also vor, Vicky?« fragte Perlmutter.

»Ich–?« Ich erprobte meinen unschuldigsten Augenaufschlag. »Ich habe keine interessanten Vorschläge zu unterbreiten. Fröhliche Weihnachten zu feiern. Ski laufen. Gut essen und trinken. Heute abend findet in Bad Steinbach ein Fest statt. Sicher wird Tony Dieter und Yvette auffordern, gemeinsam zu feiern. Wir könnten einen großen Tisch für das Abendessen bestellen – und wenn Sie mitmachen wollen, Jan – so wie vergangenes Jahr . . .«

Perlmutter war sofort einverstanden. Wir verabredeten uns um 6 Uhr in der Halle.

Kaum war er gegangen, fiel Schmidt über mich her.

»Wie können Sie ihm vertrauen? Wenn ein Kommunist sein Mahl mit dir teilen will, beabsichtigt er nicht nur seinen, sondern auch deinen Teller leer zu essen.«

»Denselben Verdacht habe ich, Schmidt, wenn Sie an meiner Seite sitzen.«

»Er wird nichts preisgeben. Er will Sie nur aushorchen, Vicky!«

»Wenn schon. Von mir kann er alles, was ich weiß, erfahren. Nämlich nichts.«

»Wir müssen ihn verfolgen. Er darf nicht unbeobachtet bleiben.«

»Glauben Sie, er telegrafiert mit Ostberlin oder mit Moskau?«

»Wenn Sie ihn nicht beschatten, werde ich es tun.« Er erhob sich resolut, ging zur Tür und riß sie auf. An der Schwelle zögerte er einen Moment, denn dort stand die Katze. »Guten Tag«, sagte er geistesabwesend und ging.

Ich begrüßte Clara, wie es sich gehörte. »Er war nicht im Haus, nicht wahr?« erkundigte ich mich. Die Katze antwortete nicht. Sie sprang auf eines von Tonys herumliegenden Hemden, rollte sich zusammen und schloß schnurrend die Augen.

Das Zimmer befand sich in einem Zustand erschreckender Unordnung. Die Betten waren nicht gemacht, Reste von Schmidts Mahlzeit standen auf dem Tisch. Überall lagen die Papiere aus Hoffmanns Nachlaß herum, nur ein Teil von ihnen war ordentlich gestapelt.

Automatisch begann ich aufzuräumen, wie es mich meine Mutter gelehrt hatte, der Unordnung seit je verhaßt war. Ich sammelte die herumliegenden Kleidungsstücke ein und schichtete sie auf der Kommode auf. Dabei bekam ich den Norweger-Pullover in die Hand, von dem Tony stolz erzählt hatte, seine heißgeliebte Ann habe ihn eigenhändig für ihn gestrickt.

Auf der Rückseite war ein kleines Etikett befestigt. Made in Hongkong.

Tony hatte gelogen. Aber warum?

Meine Neugier war geweckt. Ich ging auf mein Zimmer und ließ mich mit München verbinden.

Es gibt Angestellte, die die Abwesenheit des Chefs benützen, um sich Freizeit zu ergattern. Gerda gehörte nicht zu dieser Kategorie. Ich wußte, sie würde trotz allem ihre Arbeitszeit auf die Minute korrekt einhalten.

»Oh, du bist es!« rief sie. »Wo bist du eigentlich? Du bist weggeblieben, ohne eine Telefonnummer oder eine Adresse zu hinterlassen. Was soll ich tun, wenn dich jemand erreichen will?«

»Hat es jemand versucht?« wollte ich wissen. Mein Gewissen war nicht rein, ich dachte an den toten Freddy.

»Bis jetzt noch nicht . . .«

Also blieb mir noch eine Galgenfrist. Früher oder später würde sich die Polizei für mich interessieren. Doch ich hatte nicht vor, mich zu verstecken, also gab ich die Adresse vom Hotel Hexenhut durch. »Und ich habe noch eine Bitte, Gerda . . .«

Sie liebt es, sich nützlich zu machen. »Was kann ich für dich tun? Soll ich den Hund füttern? Er liegt unten, bei Karl . . .«

»Nein, nein, danke schön. Karl gibt ihm sicher mehr zu fressen, als nötig ist. Du hast doch alle Referenzbücher bei der Hand. Ich meine, was die amerikanischen Colleges und Universitäten betrifft . . .«

»Soll ich etwas für dich nachschlagen?«

Es dauerte nur Minuten, bevor Gerda herausgefunden hatte, was ich wissen wollte. Ja, James Belfort war Mathematikprofessor auf der Princeton-Universität.

Professor Belfort hatte eine Ehefrau namens Louise. Das Paar war kinderlos.

Tony hatte mich von Anfang an belogen. Ann hatte nie einen Pullover für ihn gestrickt. Schon aus dem einfachen Grund, weil sie gar nicht existierte.

24

Als Tony heimkam, lag ich auf seinem Bett. Die Katze lag auf meinem Bauch, gab aber keinen Laut von sich. Die frühe Dämmerung tauchte den Raum in behagliches Dunkel; ich hatte kein Licht gemacht. Tony stieß fluchend gegen Tisch und Stühle, bevor er den Lichtschalter fand. Er hatte nicht erwartet, mich hier zu finden und stieß einen Überraschungsruf aus, als er mich sah.

»Was zum Teufel ... Bist du in Ordnung, Vicky? Fühlst du dich nicht wohl?« Er ging zum Bett und legte eine eiskalte Hand auf meine Stirn. Ich stieß sie fort.

»Mir geht es gut. Ich habe nur nachgedacht ...«

»Du und Sherlock Holmes.« Er setzte sich an den Bettrand. Er war guter Dinge, so schloß ich, daß er sich nichts gebrochen oder gezerrt hatte. »Denken ist die falsche Technik. Veraltet. Du wirst nie weiterkommen, wenn du in den Zimmern hockst.«

»Du machst das ganze Bett naß. Steh auf.«

»'s ist nur schmelzender Schnee.«

»Ich weiß, daß es schmelzender Schnee ist. Deshalb bin ich ja dagegen. Steh auf.«

Tony richtete sich zu voller Höhe auf.

»Wie spät ist es?« fragte ich gähnend.

»Kurz nach fünf. Dieter und Yvette kommen um sechs in die Halle, wenn sie umgezogen sind. Paß auf, Vicky ...«

»Du solltest es ihnen gleichtun. Deine Skistiefel hinterlassen Pfützen auf dem Teppich.«

»Sofort. Erst will ich dir sagen . . .«

»Auch Jan Perlmutter wird um sechs in der Halle sein.«

»Ich wollte dir nur mitteilen . . . Was sagst du da? Perlmutter? Wo? Hier?«

»Schmidt hat ihn aufgegabelt. Und Perlmutter gibt offen zu, daß er hinter dem Gold von Troja her ist.«

Ich sah keinen Grund, Perlmutters Bericht vor Tony geheimzuhalten. Aber was ich über die nicht existierende Ann Belfort herausgefunden hatte, behielt ich vorläufig für mich. Ich schluckte meine Erbitterung hinunter. Wenn ich Tony nicht vertrauen konnte, wem dann . . .?

John Smythe . . .? Unsinn. Ich war nicht so töricht, anzunehmen, ein Leopard könne seine Flecken verlieren. Und Schmidt . . .? Er würde mich bedenkenlos hintergehen, wenn er sich einreden konnte, es wäre zu meinem Besten. Ich kam zum Ergebnis, daß ich außer meinem Dobermann niemandem auf der Welt vertrauen konnte. Die Katze schien meinen Gedankengang erraten zu haben, denn sie sprang graziös von meinem Bauch in eine Zimmerecke.

Endlich wurde Tony die Neuigkeit los, die er mir mitteilen wollte. »Auch Dieter und Yvette haben Kopien der Fotografie bekommen.«

»Aha.«

»Ist das dein ganzer Enthusiasmus? Ich hätte spezielles Lob erwartet, weil ich die beiden so geschickt ausgehorcht hatte.«

»Wahrscheinlich hast du ihnen bei der Gelegenheit alles ausgeplaudert, was wir wissen.«

»Hätte ich das nicht sollen . . .?«

»Jetzt ist es schon egal. Also, Dieter und Yvette gehören mit zur Meute. Arbeiten sie gemeinsam oder jeder für sich?«

Tony überlegte. »Die Idee schien von Dieter auszugehen. Er hat Yvette eingeladen, zu kommen. Sie hatte dem Foto keine Bedeutung beigemessen . . .«

»Gab es keinen Begleittext?«

»Anscheinend nicht. Bei mir lag auch keine Erklärung bei. Ob Dieter . . .« Er unterbrach sich und überlegte. »Vielleicht hat er einen Hinweis bekommen – so wie Perlmutter. Jedenfalls hat er Yvette zur Verstärkung kommen lassen . . .«

»Schlau von ihm, daß er nicht mich aufgefordert hat«, bemerkte ich.

»Du bist keine loyale Mitarbeiterin«, grinste Tony. »Dieter spielt gern den Chef. Bei Yvette kann er sicher sein, daß sie ihm seine Führung nicht streitig macht. Aber bei dir . . .?«

»Ich bin schwieriger, zugegeben. Statt dich mit Lob zu überschütten, tadle ich dich, weil du zu oberflächlich recherchiert hast.«

»Warum das?« fragte er gekränkt.

»Wenn keine Notiz beilag, woher wußte Dieter überhaupt, daß das Foto aus Bad Steinbach stammte, daß Hoffmann es geschickt hatte?«

»Daran hab' ich nicht gedacht«, gab er kleinlaut zu.

»Wenn aber Dieter einen Hinweis bekam – so wie Perlmutter – warum nicht auch du und ich?«

Darauf hatte er keine Antwort. Noch immer schwieg er betreten. Er öffnete den Reißverschluß seiner Jacke und warf sie zu Boden. Er ließ auch seine Skihose hinunter, aber da er unterlassen hatte, die schweren Stiefel auszuziehen, ringelte sie sich um seine Waden. Bevor ich lauthals protestieren konnte, sagte er: »Hätte ich geahnt, daß du hier auf mich wartest . . .«

Ich wollte mich beiseite rollen, aber obwohl er durch die Stiefel behindert war, reichten seine langen Arme aus, um mich daran zu hindern. Doch er hatte die Kraft meines

Schwungs unterschätzt, halb zog ich ihn, halb sank er hin, seine Füße waren wie festgenagelt, aber sein Körper fiel über mich. Ich schimpfte und fluchte, Tony versuchte mich atemlos zu beruhigen, als Schmidt ins Zimmer trat.

Statt sich diskret zurückzuziehen, strahlte Schmidt über das ganze Gesicht und rieb sich die Hände. »Was für ein hübsches Bild! Laßt euch durch Papa nicht stören – macht nur so weiter.«

Das brachte Tony ebenso zur Besinnung, wie mein Ellbogen, den ich unter sein Kinn geklemmt hatte.

»Wenn wir getan hätten, was Sie vermuten, Schmidt, hätten wir sicher die Tür abgeschlossen.«

»Was habt ihr denn getan?« fragte Schmidt neugierig.

»Wir haben den Fall diskutiert.«

»Im Bett? Übereinander?«

Ich gab mir nicht die Mühe, das Mißverständnis aufzuklären. »Ich habe ihm von Perlmutter erzählt. Wo ist er?«

Schmidt zuckte die Achseln. »Ich habe seine Spur verloren. Ich hätte mich verkleiden sollen.«

»Am besten eine Tarnkappe«, schlug ich vor. Schmidt nahm mir meinen Sarkasmus übel, und Tony kämpfte immer noch mit seinen Stiefeln. Diesmal hatte ich keine Schwierigkeit, das Zimmer zu verlassen und mich auf mein eigenes zurückzuziehen. Ich brauchte nicht lange, um ein Kleid für den Abend zu wählen, ich hatte nur ein einziges in meinem Gepäck.

Yvette war besser vorbereitet. Sie erschien in einer mitternachtsblauen Seidenrobe, die mit Pailletten bestickt war. Darüber ein Nerzcape. Unwillkürlich fragte ich mich, woher sie das Geld für eine solch kostspielige Garderobe nahm. Sicher nicht von ihrem Gehalt.

Schmidt liebt große Partys und genießt es, groß anzugeben. Er hatte einen Tisch reservieren lassen und traktierte uns mit Champagner. Dieter zeigte uns eine große

Pappnase, die er nachts, auf der Straße, tragen wollte. Tony hatte keinen Sinn für seinen Humor, er schwieg. Aber Schmidt war sofort Feuer und Flamme und erkundigte sich, wo man in Bad Steinbach Masken aller Art besorgen konnte.

Auch Yvette schien schlecht gelaunt zu sein, so wie Tony. Ich hatte den Eindruck, sie habe mit Dieter gestritten. Worüber . . .? War es ein Zank zwischen Liebenden – oder waren sie sich nicht einig, welchen Weg sie einschlagen sollten? Sie wies auf den leeren Stuhl an der gegenüberliegenden Tischseite. »Ist das der Platz für den steinernen Gast?«

»So ähnlich«, antwortete ich. »Wir erwarten noch Jan Perlmutter.«

Dieter horchte auf. »Jan ist hier . . .?« Und als ich bejahte, begann er unvermittelt zu lachen.

»Was ist daran so komisch?« wollte Tony wissen.

»Seht ihr das nicht? Wir alle fummeln herum und haben Geheimnisse voreinander. Aber für uns ist es eine Art Spiel. Nicht so für Perlmutter. Für ihn ist es blutiger Ernst. Seine Karriere mag davon abhängen. Für ihn muß es ein Schlag gewesen sein, zu sehen, daß wir wieder hier versammelt sind. Sicher hat er gehofft, das Gold von Troja allein zu finden und seinen Vorgesetzten zu Füßen zu legen, bevor wir ihn daran hindern können.«

»Hatten wir nicht alle ähnliche Hoffnungen?« fragte Tony. »Vor allem Vicky . . .?«

»Laß mich aus dem Spiel«, unterbrach ich ihn böse. Doch Schmidt unterstützte ihn. »Ich wollte, Vicky wäre auch so loyal«, knurrte er.

»Tony hat ganz recht«, erklärte Dieter vergnügt. »Jeder von uns möchte die Beute am liebsten allein erlegen. Aber wenn sie zum Vorschein kommt, werden alle übereinander herfallen. Dann werden die Streitigkeiten erst losgehen. Schließlich haben viele einen Anspruch auf den Schatz. Die Griechen, die Türken, die Deutschen ... Und die Museen würden sich überbieten. Welches könnte am meisten zahlen? Das Metropolitan, das Getty ...? Ostberlin würde natürlich keine müde Mark herausrücken, sondern den Schatz einfach vereinnahmen, wenn es könnte ...«

»Psst«, machte ich, »er kommt.«

»Kein Grund, etwas zu verschweigen«, polterte Dieter. »Was ich zu sagen habe, kann Perlmutter allemal hören. Willkommen an unserem Tisch, Herr Genosse. Was macht der reale Sozialismus? Hast du dir schon eine Datscha am Schwarzen Meer anschaffen können?«

An Perlmutters würdevollem Ernst prallte sein Spott ab. »Bis jetzt noch nicht, Dieter«, erwiderte er. »Aber wenn es soweit ist, werde ich dir eine Einladung schikken.« Er verbeugte sich etwas steif. »Guten Abend, meine Damen. Yvette, Vicky ... Meine Herren ...«

Yvette reichte ihm die Hand. Er beugte sich über sie, küßte sie jedoch nicht. Hatte sie es erwartet? Ich versuchte mir in Erinnerung zu rufen, wie die beiden miteinander ausgekommen waren.

»Nett, Sie wiederzusehen, Jan«, murmelte Yvette. »Vicky, rück doch rüber, damit Jan zwischen uns sitzen kann.«

Wortlos nahm Perlmutter den ihm angewiesenen Platz ein. Er trug einen dunklen, zweireihigen Anzug von etwas altmodischem Schnitt und eine graue Krawatte. Außer Yvette war er der einzige von uns, der für einen festlichen Anlaß korrekt gekleidet war. Aber er hätte auch in Jeans und T-Shirt gute Figur gemacht. Seine Haltung war stets einwandfrei und sein Profil faszinierend.

Jetzt wurde der erste Gang serviert. Dieter hob sein

Glas. »Wie wär's mit einem Toast«, schlug er vor. »Trinken wir – in Gedanken an Heinrich Schliemann . . .«

Schmidt nickte eifrig, Tony zuckte die Achseln. Aber Yvette hatte ihr Glas schon geleert und sagte gereizt: »Zur Hölle mit Heinrich Schliemann! Er hat uns in diese dumme Situation gebracht . . .«

»'s ist nicht seine Schuld«, widersprach Dieter und küßte sie auf die Wange. »'s ist meine Verantwortung, Liebste, daß du hier bist. Also sag: Zur Hölle mit Dieter.«

»Zur Hölle mit Dieter«, sagte sie bereitwillig. Sie war leicht beschwipst, hatte wohl schon vor dem Abendessen ein paar gekippt. »Ihr jagt einem Phantomschatz nach. Ihr vergeudet nur eure Zeit.«

Dieter tat gekränkt. »Wie kannst du so etwas sagen, Schätzchen? Mit mir Ski zu laufen und Feste zu feiern – das nennst du vergeudete Zeit?«

»So war das nicht gemeint.« Sie lachte und akzeptierte ein weiteres Glas Champagner.

»Ihr betrachtet das Ganze als eine Art Ferienspaß«, erklärte Perlmutter düster. »Ich nicht.«

»Sei kein Spielverderber, Jan«, wies ihn Dieter zurecht. »Was können wir Vernünftigeres tun, als uns zu amüsieren? Herr Hoffmann ist tot, das Gold von Troja gut versteckt – falls es überhaupt je vorhanden war. Niemand weiß etwas Bestimmtes. Hast du eine Spur, Jan – oder auch nur eine Theorie? Nein? Eben! Und du, Vicky? Du, Tony? Und auch der gute Dieter ist nicht klüger als die anderen.« Er lachte. »Also gehen wir am besten zur Tagesordnung über. Essen und Trinken und Tanzen . . .«

»Amen«, sagte Yvette.

Unterdessen hatte eine Trachtenkapelle zu spielen begonnen. Es war ein seltsames Gemisch von moderner Rockmusik und schmalzigen Walzern. Tony, der auch schon mehr Champagner intus hatte als er vertrug, forderte mich auf, mit ihm zu tanzen. Ich lehnte höflich ab, er ist auf dem Parkett nicht weniger gefährlich als auf dem Skihang. Daraufhin bat er Yvette zum Tanz, und sie akzeptierte mit Freuden.

Dieter und Schmidt nahmen ihre Unterhaltung über Masken und Verkleidungen wieder auf, so blieb Jan mein Gesprächspartner. Er kam nicht auf das Thema des trojanischen Goldes zurück, statt dessen machte er mir Komplimente über mein Aussehen. Ich nahm es nicht für ernst, bis er mich schließlich zum Tanz aufforderte.

Diesmal sagte ich zu. Jan war nicht nur ein sehr attraktiver Mann, er erwies sich auch als besonders guter Tänzer. Ich äußerte mein Erstaunen.

»Ich bin Mitglied des Tanzklubs Dynamo Köpenick«, erklärte er leichthin. Er hielt mich ziemlich eng umschlungen – enger, als es das überfüllte Parkett erfordert hätte.

»Sie entwickeln Fähigkeiten, die ich nie bei Ihnen vermutet hätte, Jan«, bemerkte ich.

Er erwiderte trocken: »Auch im realen Sozialismus gibt es einen Unterschied der Geschlechter.«

»Das hätte ich nie vermutet«, gab ich zur Antwort. Tony unterbrach unser Gespräch. Er bestand auf Partnertausch und placierte Yvette in Perlmutters Armen.

Die Musik spielte: ›Du kannst nicht treu sein, nein, nein, das kannst du nicht.‹ »Absolut passend«, knurrte Tony. »Was fällt dir ein? Mir gibst du einen Korb, und dann tanzt du mit diesem Roboter wie ein verliebtes Püppchen. Du traust ihm doch hoffentlich nicht über den Weg?«

»Mach dich nicht lächerlich, Tony. Du kommst mir vor wie der Held in einer Spionagekomödie, der jedem mißtraut und am Schluß in einen Swimmingpool fällt.«

Gleichzeitig machte die Musik eine Pause, unser Tanz

war zu Ende, und wir kehrten an den Tisch zurück. Yvette versuchte vergeblich mit Perlmutter zu flirten, und Schmidt und Dieter waren zur tiefschürfenden Erkenntnis gekommen, daß übertriebene Unauffälligkeit einem Beschatter ebensowenig anzuraten sei wie spitze Nasen und spitze Hüte.

Unterdes war Friedl in den Speisesaal gekommen und ging, als gute Wirtin, durch die Tischreihen, um ihre Gäste zu begrüßen. Früher war das Hoffmanns Aufgabe gewesen. Sie versuchte es ihrem verstorbenen Gatten nachzumachen, aber ihre Herzlichkeit war gespielt, und ihre Jovialität verkrampft.

Perlmutter faßte sie scharf ins Auge. »Ist das Frau Hoffmann?«

»Ja. Vor einem Jahr war sie noch Kellnerin. Erinnerst du dich nicht an sie?«

»Nein. Wahrscheinlich hab' ich ihr nie ins Gesicht geschaut.«

»Wohin dann?« fragte Dieter. Wir lachten.

Nur Tony nicht. »Spiel nicht den Unschuldigen, Jan«, bemerkte er mürrisch. »Du erinnerst dich sehr gut an sie. Du warst hinter ihr her, wie die anderen auch, und warst bitterböse, weil dir Dieter den Rang abgelaufen hat.«

25

Nach dem verrauchten Speisesaal war die frische Bergluft eine wahre Erholung. Der Marktplatz war hell erleuchtet, und sogar oben, auf dem Hexenhut, waren bunte Lichter zu sehen. Den Touristen wurde viel geboten. Erst eine Prozession, dann ein Fackelzug, und schließlich eine Parade des Schützenklubs. Es war schneidend kalt, aber es gab mehrere Stände, an denen Glühwein und andere Spirituosen angeboten wurden.

Wir alle hatten schon während des Abendessens etwas über den Durst getrunken. Jetzt zwang uns die Kälte, weitere Alkoholika zu uns zu nehmen. Kein Wunder, daß es eine stürmische Nacht wurde, an die ich mich noch lange erinnern sollte.

Yvette und Dieter hatte ich schon längst aus den Augen verloren. Nun, vielleicht feierten sie Versöhnung an einem traulichen Kachelofen. Perlmutter verschwand in der Menge, wie es seine Gewohnheit war. Ich hatte ihn im Verdacht, daß er sich bemühte, die von ihm abgeleugnete Bekanntschaft mit der schönen Friedl aufzufrischen. Sollte er doch! Ich war nicht eifersüchtig, obwohl er noch während der Umzüge verschiedene Annäherungsversuche gemacht hatte. Sein Interesse schmeichelte mir, aber schöne Männer sind nun mal nicht mein Typ. Und falls er sich einbildete, er könne aus Friedl mehr herausholen als aus mir, so war ich überzeugt, er würde sich täuschen.

In der Hotelbar nahmen wir noch einen letzten Drink, bevor sie geschlossen wurde. Das gab uns den Rest. Schmidt und Tony zogen mich die Treppe hinauf, während wir Weihnachtslieder mit komisch verdrehten Texten grölten.

Tony schob Schmidt in sein Zimmer, dann wandte er sich mir zu. Lallend fragte er: »Kann ich zu dir – ich meine . . .«

Ich bemühte mich, einen klaren Kopf zu behalten. »Ich weiß, was du meinst.« Er hatte meine Hand gefaßt, ich entzog sie ihm. »Die Antwort ist nein.« Ich ging zur Tür von meinem Zimmer. Als ich mich umdrehte, stand Tony immer noch da und starrte indigniert auf mich. Hätte er sich entschuldigt oder wäre bloß bitter enttäuscht gewesen, hätte ich vielleicht Mitleid mit ihm gehabt. Aber der zur Schau getragene gekränkte Besitzerstolz machte mich wütend.

»Schäm dich!« rief ich ihm zu. »Hast du deine süße, kleine Ann vergessen? Vielleicht strickt sie eine zweiten Pullover für dich, während du sie hintergehen willst.«

Mit Rücksicht auf schlafende Hotelgäste vermied ich es, die Tür hinter mir zuzuschlagen. Gleich darauf hörte ich aus der Entfernung ein kräftiges Bumm. Tony war weniger rücksichtsvoll.

Das Feuer brannte im Ofen, der Raum war überheizt. Ich öffnete einen Spalt die Balkontür. Dann zog ich mich aus und zog das teure Nachthemd an, das ich mir zu Weihnachten gekauft hatte.

Ich war gerade dabei, ins Bett zu schlüpfen, als an die Tür geklopft wurde. Ein leises, aber eindringliches Pochen.

»Geh zum Teufel, Tony!«

Das Pochen hörte nicht auf. Vielleicht war es gar nicht Tony, kam mir in den Sinn. Ich schloß auf und öffnete die Tür.

Nein, es war nicht Tony. Auch nicht Perlmutter und auch nicht John. Dieter.

Erst vermutete ich, daß es sich um einen seiner schlechten Scherze handelte, und daß er den Betrunkenen nur spielte. Er trug einen Bademantel, der zu den Fußknöcheln reichte, und eine Melone auf dem Kopf. Er roch nach Alkohol. Seine Fahne ließ mich zurückweichen. Er nahm das als Einladung, schlüpfte ins Zimmer und verschloß die Tür hinter sich.

»O nein, das geht zu weit«, sagte ich verärgert und wich weiter zurück. »Raus mit dir, Dieter.«

Er tat, als hätte ich ihn eingeladen zu bleiben. »Nur ein Viertelstündchen . . .«, trällerte er. Dann ließ er seinen Bademantel fallen. Wäre er darunter nackt gewesen, wäre ich weniger verblüfft gewesen. Er trug Pyjamas, deren schlechtes Aussehen noch den schlechten Geschmack von Schmidt übertrafen. Sie waren lavendelfarben und zeigten Muster von unbekleideten Frauen in allen möglichen Posen.

Er war zu lächerlich. Ich prustete los, und mein Lachen schien ihn zu verärgern. Er streckte seine Hand aus und gab mir einen Stoß, der wohl heftiger ausfiel, als er gedacht war. Ich fiel rücklings auf das Bett. Und er über mich.

Das Lachen war schuld, daß ich zu spät reagierte. Als ich mich zu befreien versuchte, merkte ich, daß das gar nicht so einfach war. Er war kräftig, hielt meine Arme fest und preßte seinen Mund auf meinen. Nun bin ich nicht der Typ des hilflosen Opfers. Ich war bereit, ihm mit dem Knie zwischen die Beine zu stoßen. Und als ich merkte, daß das dünne Gewebe meines Nachthemds zerriß, wurde ich ernsthaft böse. Es hatte mehr als dreihundert Mark gekostet.

Doch bevor ich energisch werden konnte, löste er sich plötzlich von mir. Er schwebte in der Luft wie ein Hampelmann, der an einem Strick hochgezogen worden ist. Es war erstaunlich, er schien mitten im Zimmer zu hängen, die Arme schwenkend, den Mund mit meinem Lippenstift verschmiert. Dann verschwand er aus meinem Blickwinkel, und ich hörte ihn zu Boden krachen.

Ich stützte mich auf meine Ellbogen und richtete mich auf. Die Balkontüre stand weit offen. John sah mich mit vergnügtem Lächeln an.

»Danke, das war prima. Rambo hatte es nicht besser gemacht.«

»Rambo hätte ihn abgeknallt.« Er hielt den Knöchel seiner rechten Hand an den Mund und blies auf ihn. »Ich muß lernen, sanfter zuzuschlagen.«

»Ein weiser Vorsatz.«

»Jetzt sag mir nur noch, daß ich nicht im rechten Moment gekommen bin. Wer ist der Komiker?«

»Dieter. Dieter Wustrow. Museumskurator. Auf der ganzen Welt weiß niemand über mittelalterliche Gobelins besser Bescheid als er.«

John blickte prüfend auf die reglose Gestalt auf dem Teppich. »Hat man im Mittelalter lavendelfarbene Pyjamas getragen?«

»Ich weiß nicht. Das ist nicht mein Spezialgebiet. – Glaubst du, daß Dieter dich gesehen hat?«

»Wohl kaum. Ich bin von hinten gekommen. Aber hätte ich gewußt, daß du Gäste empfängst, hätte ich eine Skimaske angezogen.« Gutgelaunt setzte er sich auf mein Bett. Er wollte etwas sagen, doch dann unterbrach er sich und suchte etwas, worauf er sich gesetzt hatte. »Was, zum Teufel, ist das?«

Ich warf einen Blick drauf. »Eine Blumenzwiebel . . .«

»Das sehe ich. Aber seit wann pflanzt du Narzissen in deinem Bett?«

»Woher weißt du, daß es eine Narzisse ist?«

»Meine Mutter war passionierte Gärtnerin. Ich fand Botanik immer langweilig. Aber, wie in aller Welt . . .?«

»Ich fand sie auf dem Grab von Frau Hoffmann. Die Katze hat damit gespielt, und ich hab' sie in die Tasche gesteckt . . .«

»Narzissen sind Frühlingsblumen«, belehrte mich John, »und im Moment haben wir Mitte Dezember . . .« Er hielt inne, denn vom Boden her hörte man ein Ächzen und Stöhnen. »Dein Verehrer scheint aufzuwachen.«

»Hilf mir, ihn aus dem Zimmer zu bekommen.«

Es machte John keine Mühe, den ausgeflippten Dieter auf die Beine zu bekommen. Ich öffnete die Tür, und er schob ihn auf den Flur hinaus. Er stellte ihn gegen die

Wand, und Dieter blieb stehen wie eine schief geratene Statue. Bevor ich die Tür wieder schloß, trat ich noch einen Schritt auf den Gang hinaus und warf seinen Hut und seinen Bademantel hinter ihm her. Im gleichen Moment war Schmidt auf den Flur gekommen. Sein überraschter Ausruf brachte jetzt auch Tony auf den Plan. Die beiden Männer starrten auf Dieter im lavendelfarbenen Pyjama, dann auf mich, in meinem zerrissenen Nachthemd. Ich ersparte mir jede Art von unnützen Erklärungen, zog mich in mein Zimmer zurück und schloß die Tür ab.

John wartete schon auf mich. Er schloß mich in die Arme. Unterdes hatte er die Balkontüre geschlossen. Ich fühlte mich warm und behaglich. Es war mir jedoch nicht gegönnt, Ruhe zu finden. Hart wurde an die Tür geklopft.

»Wer ist da?« rief ich ungeduldig.

»Ich, Tony. Was ist passiert? Was hast du mit Dieter gemacht? Was hat er mit dir gemacht?«

»Nichts. Er ist zu betrunken, um etwas zu tun. Laß ihn stehen und seinen Rausch ausschlafen.«

»Aber, Vicky . . .«

»Kein Aber! Verschwinde!«

Ein Augenblick Stille, dann hörte ich Schritte, die sich entfernten. Ich atmete auf.

»Du ziehst die komischsten Typen an wie ein Magnet«, bemerkte John sarkastisch. »Eine bemerkenswerte Fähigkeit.«

»Können wir uns endlich vernünftig unterhalten . . .«

»'s ist nicht leicht, mit dir zu plaudern. Du hast zu viele und zu zudringliche Verehrer. Wenn ich nicht irre, sprachen wir vor der letzten Unterbrechung von Hoffmanns Grab.«

»Du warst ja dabei, als ich Müller versprochen hatte, mich drum zu kümmern. Nun, ich habe mein Versprechen gehalten. Ich habe es mit Rotdorn und Erika geschmückt. Die Katze hat mich begleitet.«

»Ein unzureichender Schutz. Friedhöfe sind einsame Plätze.«

»Es war weit und breit kein Mensch zu sehen. Aber, ob du es glaubst oder nicht, niemand hat versucht, mich umzubringen.«

»Freut mich zu hören. Allerdings hat der berüchtigte Freddy Bad Steinbach verlassen . . .«

»Mehr als das. Er hat das gesamte Jammertal verlassen.«

»Wie meinst du das?«

»Freddy ist tot.«

»Was!?«

»Jetzt weißt du auch, warum Schmidt vom Posten, den du ihm angewiesen hast, desertiert ist. Er fand die Leiche von Freddy, steif gefroren, in meinem Garten.«

»Ich müßte lügen, wenn ich Freddys Ableben bedauerte«, erwiderte John kaltblütig. »Aber jetzt wird sich die Polizei für dich interessieren, Vicky.«

»Ich habe ein prima Alibi«, gab ich zur Antwort. »Ich war in Bad Steinbach, mit vielen Zeugen. Was aber Freddys Mörder betrifft – hast du eine Vermutung?«

»Es ist allgemein bekannt, daß du einen scharfen Hund im Haus hast. Wer auch immer Freddy in deinen Garten gelegt hat, muß gewußt haben, daß du den Hund außer Haus gegeben hast.« Dann fragte er unvermittelt: »Wußte Perlmutter davon?«

»Wie kommst du auf Perlmutter . . .?«

»Ich hatte erwartet, daß er hier auftauchen wird. Und ich habe gesehen, wie er mit dir getanzt, mit dir geflirtet hat . . .«

»John, du bist mir gefolgt. Auf Schritt und Tritt.«

»Ich leugne es nicht . . . Eine Jungfrau in Gefahr, das ist

ein beliebtes Roman-Motiv. Dein Wohl und Wehe liegt mir am Herzen.«

»Bist du eifersüchtig?« fragte ich hoffnungsvoll.

Er antwortete mit einem Grinsen. »Vielleicht wäre ich es, wenn es einen anderen Mann in deinem Leben gäbe. Aber es gibt zu viele. Ein ganzer Rattenschwanz von törichten Bewerbern . . .«

Er konnte den Satz nicht vollenden. Es gab einen mörderischen Krach. Die Tür flog auf, und ein rundes, orangefarbenes Projektil platzte ins Zimmer.

»Sie sind in Sicherheit, Vicky!« brüllte Schmidt. »Sie haben nichts zu fürchten. Ich bin bei Ihnen.« Und er richtete einen Revolver gegen den Mann neben mir. Beinahe enttäuscht stammelte er: »Oh, Sie sind es, Sir John. Wenn ich das gewußt hätte – ich bin entzückt, Sie wiederzusehen, mein Freund.«

John bemühte sich um ein Lächeln. »Das Entzücken ist ganz auf meiner Seite, Herr Schmidt. Würden Sie bitte die Waffe etwas senken. Sie zielt genau auf meine Brust.«

»Aber natürlich. Es ist ein Fünfundvierziger Colt . . .«

»Das sehe ich«, sagte John und nahm sie ihm mit einer schnellen Bewegung aus der Hand.

»Haben Sie überhaupt einen Waffenschein, Schmidt?« fragte ich streng. »Und was fällt Ihnen ein, hier hereinzustürmen?«

»Ich war gerade dabei, diesen Dieter abzutransportieren«, erklärte er. »Da hörte ich verdächtige Geräusche aus Ihrem Zimmer, Vicky. Eine Männerstimme . . . Nun, Tony konnte es nicht sein, er war bei mir. Und Dieter schied auch aus. Ich war daher in Sorge. Ich gebe zu, ich hatte vergessen, wie viele Verehrer Sie haben, Vicky . . .«

»Muß ich Ihnen eine Liste geben?« erkundigte ich mich wütend. Schmidt wollte seine Waffe zurückhaben, und John zögerte, sie ihm zu geben. Kurzerhand griff ich nach der Waffe. Dabei viel mir der Rest meines Nachthemds bis zu den Hüften hinunter. Schmidt sah es mit Vergnügen. Ich griff nach meinem Schlafrock.

»Sir John, die Ereignisse überstürzen sich«, erklärte Schmidt. »Freddy ist erstochen worden, und Perlmutter führt Böses im Schilde. Wir müssen unverzüglich eine Konferenz abhalten.«

»Nicht heute nacht und nicht in meinem Zimmer«, entschied ich resolut. Es gelang mir mit einiger Mühe, beide Männer zur Tür hinauszuschieben. Ich sicherte sie dann, indem ich einen schweren Ledersessel dagegen stemmte, denn Schmidts explosives Eindringen hatte das Schloß herausgebrochen.

Mit einem Seufzer der Erleichterung legte ich mich hin und knipste die Nachttischlampe aus. Manchmal tut es richtig gut, Zimmer und Bett für sich allein zu haben.

26

Nach der turbulenten Nacht hoffte ich auf einen ruhigen Morgen. Wieder einmal täuschte ich mich.

Als an der Türe geklopft wurde, erwartete ich, daß man mir ein Frühstück brachte, obwohl ich keines bestellt hatte. Dann erinnerte ich mich, daß ich die Türe mit einem Sessel blockiert hatte, stand auf und entfernte ihn.

Eine Frau trat ein, aber sie trug nicht das Dirndl einer Kellnerin. Sie erwiderte mein schläfriges ›Guten Morgen‹ nicht, ging kühl an mir vorbei und stellte das Frühstückstablett barsch auf den Tisch. Friedl!

»Wie nett, daß Sie sich selbst bemühen«, begann ich unsicher, doch sie schnitt mir das Wort ab.

»Nach dem Frühstück gehen Sie bitte. Das Zimmer ist reserviert. Sie müssen das Hotel bis zwölf verlassen.«

Ich muß zugeben, daß ich verwirrt war. Ich goß mir Kaffee ein, um einen klaren Kopf zu gewinnen. Da sah ich, daß auf dem Tablett zwei Tassen standen.

Jetzt verstand ich. »Ein Mißverständnis, Frau Hoffmann. Wie Sie sehen können, bin ich allein. Was haben Sie mir vorzuwerfen?«

»Das fragen Sie noch!« Sie wies mit ausgestreckter Hand auf die aufgebrochene Tür. »Ich kann solche Dinge in meinem Haus nicht dulden.«

»Oh, das war nur Direktor Schmidt. Er wird den Schaden natürlich bezahlen . . .« Der heiße Kaffee hatte mir gutgetan. Ich konnte wieder einen klaren Gedanken fassen. Und ich sah, daß Friedl dabei war, in Tränen auszubrechen. Ihre Indignation mußte einen tieferen Grund haben. »Sie haben etwas gegen mich, Frau Hoffmann. Aber was? Vertrauen Sie mir nicht mehr?«

»Das ist es ja eben. Sie sprechen nicht mit mir, weichen mir aus. Ich habe Sie hergebeten, damit Sie mir helfen. Statt dessen intrigieren Sie hinter meinem Rücken . . .«

»Was bringt Sie auf diese Idee? Falls ich Sie vernachlässigt habe, entschuldige ich mich. Aber glauben Sie mir, ich habe mich nicht bei Ihnen gemeldet, weil es nichts zu berichten gab. Meine Kollegen und ich sind jedem möglichen Hinweis nachgegangen. Vergeblich. Wir kamen der Lösung des Rätsels keinen Schritt näher.«

»Vielleicht ist es so«, rief sie aufgeregt. »Vielleicht aber auch nicht. Wie kann ich wissen, ob Sie mir die Wahrheit sagen?«

Jetzt ging ich zum Angriff über. »Das können Sie nicht wissen, das stimmt. Ich weiß aber mit Bestimmtheit, daß Sie mich angelogen haben. Wenn ich Ihnen helfen soll, müssen Sie mir schon alles sagen, was Sie wissen . . .«

»Aber das habe ich doch.«

»So? Wirklich? Warum ist Freddy auf und davon? Vor wem hat er Angst gehabt? Vor wem haben Sie Angst?«

Jetzt brach Friedl in Tränen aus. Ich fühlte, daß sie nahe daran war, ein Geständnis abzulegen. Aber gerade in diesem Moment tauchte wieder einmal der ewige Störenfried auf. Und Schmidt war nicht allein. Tony erschien hinter ihm, und dann auch Dieter, der ausnahmsweise nicht zu Scherzen aufgelegt war, sondern einen bemerkenswert schüchternen Eindruck machte. Eine ganze Delegation.

»Papa Schmidt hörte laute Stimmen. Vicky, brauchen Sie wieder meine Hilfe . . .?«

»Ganz im Gegenteil. Es ist ein Plauderstündchen zwischen jungen Mädchen. Wenn ihr alle verschwindet, könnte es fortgesetzt werden.«

Die drei taten, als hätte ich sie eingeladen, statt sie rauszuwerfen. »Wir können eine Konferenz abhalten«, sagte Schmidt. »Der Spion ist nicht im Zimmer.« Er setzte sich an den für mich gedachten Frühstückstisch und goß sich Kaffee in die zweite Tasse. »Beim Essen plaudert sich's angenehmer. Wenn ich noch Kaffee bestelle und vielleicht Omelettes . . .«

»Das ist mein Zimmer, zum Teufel!« schrie ich erbost, »und keine Bahnhofshalle. Ich hab' es satt, daß man bei mir ein und aus geht, ohne auf meine Person die mindeste Rücksicht zu nehmen.«

»Entweder alle gehen oder keiner«, erklärte Tony und stellte sich mit gekreuzten Armen neben die Tür. Schmidt tat sich an Toast und Marmelade gütlich. Dieter begann, seine übliche Unbefangenheit zurückzugewinnen. Er ließ sich in den zurückgeschobenen Sessel fallen und setzte ein verbindliches Lächeln auf.

»Wird es nicht am besten sein, wenn wir alle unsere Karten auf den Tisch legen? Du bist nicht offen und ehrlich, Vicky. Es ist dir gelungen, das Vertrauen unserer bezaubernden Wirtin zu gewinnen. Willst du uns arme Zuschauer nicht ebenfalls ins Vertrauen ziehen?«

Friedl stammelte ratlos. »Ich konnte ihr nichts sagen. Ich weiß von nichts . . .«

»Das ist richtig«, bekräftigte ich. »Es stimmt, Frau Hoffmann bat mich, nach Bad Steinbach zu kommen, um ihr beizustehen. Alles übrige, Dieter, weißt du so gut wie wir alle. Aber Friedl kann uns nicht weiterhelfen. Frau Hoffmann kann nicht mehr sagen, als daß ihr verstorbener Gatte von einem seit langem verschwundenen Schmuck erzählte, ohne nähere Angaben zu machen.«

»Das klingt nicht sehr überzeugend«, meinte Dieter.

»Mach daraus, was du willst«, sagte ich ärgerlich. »Ich werde den Verdacht nicht los, daß jeder von uns, falls er das Versteck des Schmucks findet, das Gold von Troja allein davontragen würde . . .«

»Auch Sie, Frau Doktor?« fragte Friedl.

»Aber Vicky, was soll Frau Hoffmann von uns denken«, mischte sich jetzt Tony ein. Er wandte sich in seiner biederen Art an die verwirrte Frau. »Friedl – ich darf Sie doch so nennen –, keiner von uns denkt daran, Sie zu berauben. Wir sind keine Abenteurer, sondern Akademiker. In Fachkreisen bekannt. Wir hätten einen Namen zu verlieren.«

Wenn seine Ansprache Friedl überzeugte, zeigte sie es nicht.

»Wollen Sie immer noch, daß ich bis zwölf das Zimmer räume?« fragte ich.

»Aber nein, Frau Doktor. Es würde mich freuen, wenn Sie länger blieben.«

»Dann finden wir sicher Gelegenheit, uns unter vier Augen zu sprechen.«

Sie nickte mir zu, etwas beruhigt. »Nach der Teestunde vielleicht –«

Sie ging, und ich wurde das Gefühl nicht los, daß sie bereit war, mir etwas zu gestehen, was ich noch nicht wußte.

Währenddessen hatte Schmidt mein Frühstück aufgegessen. »Ich schlage vor, die Konferenz zu verschieben. Im Speisesaal könnten wir, bei einer Brotzeit, alles in Ruhe besprechen.«

»Eine gute Idee. Wenn ich angezogen bin, komme ich euch nach.«

Dieter entfernte sich als letzter. »Ich muß noch Yvette holen.« Er warf einen schuldbewußten Blick auf die kaputte Tür. »Habe ich das gemacht . . .?«

»Nein. Nicht du. Erinnerst du dich nicht?«

»Nicht genau. Nur, daß ich mich zum Narren gemacht habe. Der Alkohol . . .« Er deutete auf eine verfärbte Stelle an seinem Kinn und rieb daran. »Hast du so hart zugeschlagen?«

Ich überlegte blitzschnell. Wenn er sich nicht an eine dritte Person im Zimmer erinnerte, gab es keinen Grund, ihn aufzuklären. »Hast du es nicht verdient?« fragte ich herausfordernd. »Soll ich dir die blauen Flecken zeigen, die ich dir verdanke?«

»Bitte nicht! Ich müßte mich schämen. – Verzeihst du mir?«

»Es bleibt mir nichts anderes übrig.«

Damit ging er. Als ich später hinunterging und durch die Glastür in den Speisesaal schaute, sah ich sie alle um einen Tisch sitzen. Sie genossen ihre Brotzeit, und jeder hatte ein Glas Bier vor sich stehen. Yvette saß neben Dieter. Zu ihrer Linken sah ich Jan Perlmutter. Beruhigt verließ ich das Hotel, niemand konnte mir folgen.

Schneefall hatte eingesetzt. Der Marktplatz war belebt,

die Buden von der letzten Nacht standen offen. Weihnachtstag! Die Erwachsenen taten sich an scharfen Getränken gütlich, die Kinder an Lebkuchenherzen.

Die Tür zu Müllers Laden wurde nur einen Spaltbreit geöffnet. »Ich muß mein Hauptquartier verlegen«, erklärte er. »Zu viele Leute haben mich hier gesehen.«

»Und die Katze?«

»Ich schlage vor, daß du sie übernimmst. Sie läuft dir doch überallhin nach. Sogar auf das Grab vom alten Hoffmann . . . Aber du bist doch nicht gekommen, um dich nach Clara zu erkundigen? Solltest du Sehnsucht nach mir gehabt haben?«

»Ich muß dich enttäuschen. Ich habe einen sehr triftigen Grund, mit dir zu sprechen. Über Friedl.«

»Die Wirtin Wundermild. Was ist mit ihr?«

»Sie kam heute morgen in mein Zimmer. Sehr aufgeregt. Erst bestand sie darauf, daß ich das Hotel verlasse . . .«

»Konntest du das nicht erwarten? Nach allem, was sich nachts in deinem Zimmer abgespielt hat . . .«

»Aber das war nur ein Vorwand. Die Frau war richtiggehend hysterisch. Ich habe das Gefühl, sie hat Angst . . .«

»Ausgezeichnet. Dann ist es Zeit, sie unter Druck zu setzen.« Kein Mitleid schwang in seiner Stimme mit, nur kalte Entschlossenheit. »Wenn du geschickt bist, kannst du einiges in Erfahrung bringen.«

»Über das Versteck des Goldes?«

»Das wohl kaum. Aber über die Identität des Mörders.«

Ich stieß einen Seufzer aus. »Alle Beteiligten benehmen sich so, wie man es erwarten darf, sogar Perlmutter. Vielleicht ist es keiner von denen, die wir im Verdacht haben.«

»Das ist wenig wahrscheinlich. Du darfst keine Zeit verlieren, Vicky . . .«

»Ich bin mit ihr verabredet. Gleich nach der Teestunde . . .«

»Gut so. Vergiß nicht – Hoffmann wurde umgebracht, und auch der famose Freddy. Unser Mann – wenn es ein Mann ist – hat nichts zu verlieren. Wenn er Friedl im Verdacht hat, sie könnte dich auf seine Spur bringen . . .«

Er sprach nicht weiter, doch ich verstand, was er sagen wollte. Und es lief mir kalt über den Rücken.

27

Als ich ins Hotel zurückkam, warteten Tony und Schmidt auf mich. Dieter und Yvette hatte ich vor dem Eingang getroffen. Sie waren ineinander eingehängt, anscheinend ein Herz und eine Seele. Wenn es zwischen ihnen einen Zwist gegeben hatte, war er ausgeräumt. Immerhin unterließ es Dieter nicht, mir beim Vorbeigehen zuzuzwinkern. Ich machte ein abweisendes Gesicht, konnte mir aber ein Lachen schwer verbeißen.

Ich sah mich in der Halle um. »Wo ist Jan Perlmutter?«

»In der Küche«, antwortete Schmidt vergnügt.

»Nanu? Will er beim Weihnachtsbraten helfen?«

»Aber nein. Er macht sich die Mühe, das gesamte Personal zu verhören. Im Moment hält er bei der Köchin . . .«

»Dabei hab' ich mir die gute Frau schon heute früh vorgenommen«, erklärte Schmidt. »Sie hat mir auch ein Geheimnis verraten. Ein uraltes Rezept für Semmelknödel. Der Trick ist, daß man Rosmarin in heißes Wasser taucht . . .«

»Ersparen Sie mir die Einzelheiten«, unterbrach ich ihn ungeduldig. »Semmelknödel machen dick.«

»Nur wenn man sie ißt. Nicht beim Zubereiten.«

»Sie sind eine gefährliche Waffe, Schmidt. Wenn man sie dem Gegner an den Kopf wirft . . .«

»Apropos Waffe – kann ich meinen Revolver zurückhaben, Vicky?«

»Nein.«

»Es ist ein antikes Stück. Ich hab' ihn aus der Waffensammlung des Museums genommen . . .«

»Lüge. Es gibt keinen antiken Colt. Mr. Colt hat sich seine Erfindung erst im vorigen Jahrhundert patentieren lassen. Und du, Tony, was ist dir eingefallen, Schmidt mit einer geladenen Waffe aus deinem Zimmer zu lassen? Er hätte jemanden erschießen können.«

»Das habe ich gehofft«, erwiderte Tony düster.

»Danke schön.«

»Ich habe dabei nicht an dich gedacht, sondern an deinen Partner. Ich will kein Wort über deine sexuellen Aktivitäten verlieren . . .«

»Da tust du sehr gut daran.«

». . . denn das ist eine Privatsache zwischen dir und deinem Gewissen. Ich möchte bloß wissen, was dich in Bad Steinbach zurückhält, nachdem du schon mehrere Male gedroht hast, abzureisen. Sind es Liebesnächte, die dein Kalkül umgestoßen haben? Oder . . .«

»Nein, das glaube ich nicht«, mischte Schmidt sich ein. »Ich bin überzeugt, sie hat eine Spur gefunden, die sie vor uns geheimhält. Sie hat sich in Frau Hoffmanns Vertrauen eingeschlichen . . .«

»Und wenn es so wäre! Wenn sich aus Friedl etwas herausholen läßt, dann nur unter vier Augen.«

»Zugegeben!« rief Schmidt. »Ich hätte nichts gegen ein Tête-à-tête mit der hübschen Dame . . .«

»Ich fürchte, Sie sind nicht der geborene Verführer«, sagte ich ironisch, »unser flotter Tony hat da weit bessere Chancen.«

Er widersprach nicht. Schmidt sah auf seine Uhr. »Es ist bald Mittagszeit.«

»Sie haben doch gerade eine kräftige Brotzeit verdrückt«, protestierte Tony.

»Wenn ich Hunger habe, kann ich nicht scharf denken«, erklärte Schmidt. »Ich lade euch ein . . .«

»Nicht mich. Ich fahre nach Garmisch rüber, Weihnachtseinkäufe machen.«

»Das glaube ich dir nicht«, sagte Tony.

»Du kannst ja mitkommen und dich überzeugen. Schließlich ist heute Heiliger Abend und . . .«

»Sie hat recht.« Schmidt rieb sich die Hände. »Da gibt es sicher eine Weihnachtsgans. Mit Rotkraut.«

»Wollten Sie die Feiertage nicht mit Ihrer Schwester verbringen?«

»Ich habe mit ihr telefoniert. Ich habe vorgegeben, plötzlich erkrankt zu sein.«

»An Magersucht . . .?«

»Das will ich überhört haben. Im Familienkreis ist es langweilig. Aber wo Sie sind, Vicky, ist immer was los. Schüsse im Schnee, Leichen im Garten. Ich liebe Sie, Vicky.«

»Danke für die Komplimente. Offengestanden: Ich verbring den Heiligen Abend lieber mit Ihnen, Schmidt, als der Münchner Polizei zu erklären, was ich mit dem toten Freddy zu tun habe.«

Schmidt ließ es sich nicht nehmen, über die Mittagszeit im Hotel zu bleiben. Er hatte schon am Morgen das Menü studiert und es zufriedenstellend gefunden. Da ich wußte, daß er nach einem opulenten Mahl gern ein Stündchen schlief, hielt ich es für sicher, ihn allein zu lassen.

Tony begleitete mich tatsächlich nach Garmisch. Wir fuhren gemeinsam hin und kamen auch zusammen zurück. Aber die Einkäufe machten wir getrennt, denn es handelte sich um Überraschungen. Für Dieter kaufte ich in einem Zauberladen eine Kollektion von Gummimasken und Scherzartikel, die garantiert erst diese Saison auf dem Markt waren. Für Tony suchte ich ein besonderes Geschenk aus. Einen Pullover aus Taiwan. Ich ließ das Etikett heraustrennen. Ich wußte, wie ich es ersetzen würde.

Als wir wieder nach Bad Steinbach kamen, begann es zu dämmern. Überall wurden bunte Lichter angezündet. Ich sah, daß im Speisesaal nur mehr wenige Leute saßen. Schmidt war einer der letzten. Er war auf ein großes Stück Kuchen konzentriert, das vor ihm auf dem Teller lag.

Bald würde die Teestunde vorbei sein. Das Personal würde abräumen, die übliche Geschäftigkeit im Hotel für einige Zeit einer Art Flaute weichen. Das war die Zeit, in der mich Friedl erwartete.

Ich verabschiedete mich von Tony, jeder ging, mit Paketen beladen, auf sein Zimmer. Ich breitete alles, was ich eingekauft hatte, auf meinem Bett aus. Manches war schon geschenkmäßig verpackt, aber nicht alles. Sicherheitshalber hatte ich Geschenkpapier und bunte Bänder gekauft.

Am wichtigsten aber war mir der Pullover für Tony. Ich nahm ein unbeschriebenes Etikett, das ich vorbereitet hatte, und schrieb darauf: VON ANN. IN LIEBE.

Ich war gerade dabei, das Etikett in den Pullover einzunähen, als das Telefon klingelte. Ich erkannte die Stimme nicht gleich. Sie klang heiser, und die Worte waren kaum verständlich. Dann aber konnte ich einzelne Worte ausmachen: »Bitte – kommen – Hilfe . . .«

»Friedl, sind Sie's?«

»Bitte – schnell . . .«

Danach sagte sie nichts mehr. Ein dumpfer Ton, als wäre ihr der Hörer aus der Hand geglitten und irgendwo aufgeschlagen. Dann Stille, drohende Stille . . .

Jetzt ließ auch ich den Hörer fallen und rannte zur Tür. Ich nahm mir nicht die Zeit, Tony zu holen. Ich hatte das Gefühl, daß jede Sekunde entscheidend sein mochte. Sie war nicht imstande gewesen, ihre Worte richtig zu artikulieren. Hatte sie jemand gewürgt?

Die Halle war voller Menschen. Sie hatten sich Gläser aus der Bar geholt, tranken und lachten und prosteten einander zu. Ich hatte Mühe, mich durchzudrängen.

Der Korridor, der zu den Privaträumen führte, war hingegen leer. Ich lief, so schnell ich konnte. Aus Friedls Salon kam kein Laut. Die Tür war angelehnt. Ich stieß sie auf.

Das erste, was ich sah, war Tonys Rücken. Er stand auf der gegenüberliegenden Seite des Zimmers, über das Sofa gebeugt. Dann erst, als ich näher trat, sah ich die Frau, die auf dem Sofa lag.

Friedl war merkwürdig verkrümmt; die Arme hatte sie von sich gestreckt, als ob sie etwas abwehren wollte. Eine Strähne blonden Haars hing ihr ins Gesicht.

Tony richtete sich auf, wandte sich mir zu. Alle Farbe war aus seinem Gesicht gewichen.

»Sie ist tot«, sagte er.

Ich griff automatisch nach Friedls ausgestreckter Hand, um den Puls zu fühlen. Es gab keinen Puls.

»Ich hab' es nicht getan«, flüsterte Tony. »Sie lag auf dem Teppich . . .«

»Du hast sie aufgehoben. O Tony . . .«

»Ohne zu überlegen ... Sie hat mich angerufen, bat mich, zu ihr zu kommen. Ihre Stimme zitterte vor Angst ...«

Mein Herz schlug wild. »Als sie mich anrief, hatte der Mörder sie schon an der Gurgel ...«

»Du glaubst mir doch, Vicky?«

»Ja.« Meine Antwort kam automatisch.

Der Mörder hatte verhindern wollen, daß sie mit mir sprach. Das war ihm gelungen. Aber damit hatte er sich verraten.

28

Tony zitterte am ganzen Körper. Der Arme war dem Tod bisher nur auf mittelalterlichen Darstellungen begegnet, als Gerippe mit Sense und Stundenglas. Erwürgte Frauen waren ihm ungewohnt und versetzten ihn in Panik.

Ich hatte schon mehrmals bewiesen, daß ich bessere Nerven besaß. Und John hatte mich darauf vorbereitet, daß Friedl sich in Gefahr befand. Mir war klar, daß Tony in der Klemme saß; man würde ihn des Mordes verdächtigen. Hätte er Friedl nur nicht angefaßt, sie auf dem Teppich liegengelassen ...

»Raus mit dir!« rief ich. »Schnell. Lauf –!«

Es war zu spät. Bevor er seine Fassung wiedergewinnen konnte, hörte man einen Schrei, dem ein häßliches Geräusch von splitterndem Glas und berstendem Porzellan folgte. Eine Kellnerin stand in der offenen Tür und hatte vor Schreck ein Tablett fallen lassen. Ich hatte mich instinktiv hinter die Tür zurückgezogen, aber Tony starrte mit weit aufgerissenen Augen hilflos auf das Mädchen. Sie schrie aus vollem Hals und flüchtete.

Jetzt war Tony so weit, daß er fliehen wollte. Doch diesmal hielt ich ihn zurück. »Bleib, Tony. Tu's nicht! Das ist genau, was er möchte. Ein Alibi für sich. Vorsprung. Du machst dich nur verdächtig . . .«

Er war außerstande, meinen verschlungenen Gedankengängen logisch zu folgen. Er stand unschlüssig da. Von draußen hörte man laute Stimmen und Schritte. Gleich darauf füllte sich der Raum mit Bedienten und Gästen, die durcheinander schrien und Tony und Friedls Leiche umringten. Ich benutzte das Chaos, um mich ungesehen zu entfernen.

Nicht aus Feigheit. Der Mörder hatte nur einen knappen Vorsprung. Wenn es mir gelang, ihn einzuholen . . .

Ich riskierte es, in mein Zimmer zu laufen. Auf meinem Bett saß die Katze und spielte mit den bunten Bändern, mit denen ich die Weihnachtsgeschenke verschnüren wollte. Sie hob den Kopf und sah mich fragend an, als ob sie mich um Erlaubnis bitten wollte. Ein rotes Bändchen hing ihr aus der Schnauze wie ein grotesker Schnurrbart.

Ich hatte keine Zeit, mich um Clara zu kümmern. Ich schlüpfte in meine Jacke und riß die Skitasche an mich. Im letzten Moment fiel mir noch ein, Schmidts Revolver an mich zu nehmen.

Als ich durch die Halle lief, hörte ich von weitem Schmidts Stimme. Ich hoffte, sie würden ihn zusammen mit Tony festnehmen. Im Polizeigewahrsam würden beide in Sicherheit sein.

An meine eigene Gefahr dachte ich im Moment nicht. Zorn überwog mein Angstgefühl. Ich mußte ihn zur Strecke bringen, koste es, was es wolle. Ich war zum Äußersten entschlossen.

Hatte er daran gedacht, meinen Wagen zu beschädigen? Nein, der Motor sprang an und surrte leise. Dazu war ihm zuwenig Zeit geblieben. Oder traute er mir nicht zu, ihm in die Berge zu folgen?

Die weihnachtliche Stimmung ringsum bildete einen seltsamen Kontrast zu meinem Vorhaben. Hell beleuchtete Fenster, festliche Musik. Es wäre angemessen, Kuchen zu backen und Kinder zu küssen, statt auf vereisten Straßen in die Nacht hinauszufahren, um einen Mörder zu stellen.

Es war wenig Verkehr. Vernünftige Menschen blieben zu Hause bei ihren Familien. Ein Mann in Uniform versuchte mich zurückzuhalten. Er hob seinen Arm. Ich fuhr knapp an ihm vorbei, nahm den Weg, den ich kannte, der zum Friedhof hinauf führte. Im Moment war mir das Gold von Troja gleichgültig; ich dachte nur an den Mann.

Ich geriet auf einer Eisplatte ins Schleudern, konnte aber den ausscherenden Wagen abfangen. Ich mußte bereits auf dem halben Weg gewesen sein, als ich hinter mir zwei Lichter sah. War ich ihm zuvorgekommen? Bisher war ich überzeugt gewesen, daß er *vor* mir war und nicht hinter mir. Ich wollte Jäger sein und nicht Gejagte. Sollte ich bremsen? Unmöglich. Wenn der Motor abstarb, gab es keine Möglichkeit zu wenden und umzukehren. Oder hatte sich der Verkehrspolizist auf meine Fersen geheftet, erbost ob meiner Weigerung, seinem Haltebefehl Folge zu leisten. Nein, das wäre zu schön gewesen, um wahr zu sein. Diese Hoffnung mußte ich aufgeben.

Die Lichter hinter mir erschienen und verschwanden, je nach den S-Kurven, die ich einschlug. Der Wagen versuchte nicht, mich einzuholen, er blieb auf gleicher Distanz. Kein Blaulicht, keine Sirene. Nein, das war nicht die Polizei.

Ich war derart auf meinen Verfolger konzentriert, daß ich beinahe am Friedhof vorbeigefahren wäre. Ich trat zu scharf auf die Bremse; der Wagen rutschte seitwärts und geriet in eine Schneewächte. Der Motor starb ab. Unwillkürlich hatte ich einen Moment die Augen geschlossen. Als ich sie öffnete, sah ich nichts als Schnee. Die Tür war nicht blockiert. Ich machte die Lichter aus und verließ den Wagen.

Ich stand im Scheinwerferlicht des anderen. Dann war es wieder dunkel. Mein Verfolger hatte nicht vor dem Friedhof gehalten. Meine Nerven hatten mir einen Streich gespielt. Ein harmloser Fahrer, der ein Gehöft auf der anderen Seite des Berges erreichen wollte.

Eine Nacht ohne Sterne. Nur mit Mühe ließen sich die weißen Grabsteine ausnehmen, die sich im Dunkel abzeichneten. Doch war die Nacht keineswegs still. Der Wind pfiff, bewegte die Zweige der Bäume und fegte den Schnee von den Vorsprüngen der Kirchenfassade.

Ich fror. Tonys Reaktion war mir zu langsam erschienen; ich aber hatte zu schnell reagiert. Ich hätte warten sollen, Hilfe holen. Aber ob es mir gelungen wäre, die wenigen Landpolizisten trotz des Mordes auf die richtige Spur zu hetzen, war zweifelhaft. War ich allein auf dem Friedhof? Ich duckte mich und lauschte. Kein menschliches Wesen war zu sehen, keine menschliche Tätigkeit zu hören. Ich wußte, wo Hoffmanns Grabstein stand, und neben diesem der Grabstein seiner ersten Frau. Niemand stand dort mit Schaufel und Spaten, niemand mühte sich, die gefrorene Erde aufzubrechen.

Als ich meinen neuen Wagen kaufte, wurde eine komplette Winterausrüstung mitgeliefert. Handscheinwerfer, Schaufeln und anderes Werkzeug befanden sich im Kofferraum. Sollte ich zum Auto zurückgehen und ihn öffnen? Oder sollte ich versuchen, den Motor in Gang zu bringen und zurückfahren, in die Wärme und Sicherheit von Bad Steinbach?

Ich war einem Phantom nachgejagt.

»Vicky . . .«, heulte der Wind.

Nein, das war nicht der Wind. Der Wind kannte meinen Namen nicht. Es war eine Stimme. »Vicky! Vicky!« Woher kam sie? Aus der Richtung, in der mein Wagen stand.

Mann oder Frau? Freund oder Feind?

Ich griff in die Jackentasche. Fühlte die brennende Kälte von Metall. Der Revolver. Ich hatte den Handschuh ausgezogen, umfaßte die Waffe . . .

Ein Schatten. Eine Gestalt. Ein Mann kam auf mich zu. »Vicky!« Jetzt erkannte ich die Stimme. »Was, zum Teufel, machst du hier? Es hat zehn Grad unter Null.«

»Friedl ist tot«, hauchte ich. »Ermordet. Erwürgt.«

»Ah – bevor du sie sprechen konntest . . .«

»Ja. Sie hat Tony um Hilfe gerufen. Er wurde inzwischen festgenommen . . .«

»Das hat er geplant, schätze ich . . .«

»Sicher. Das läßt ihm genügend Zeit. Zu graben. Zu rauben! Sich fortzustehlen . . .«

»Die Zwiebel«, sagte John. »Er hat gehört, wie wir davon gesprochen haben.«

»Du hast gesagt, daß Narzissen Frühlingsblumen sind.«

»Hoffmann hat Narzissen auf ihr Grab gepflanzt.«

»Nachdem er das Gold vergraben hat . . .«

»Sicher wird er herkommen, um seine Beute zu holen. Aber was für eine verrückte Idee, Vicky, ihn hier abfangen zu wollen! In dieser eiskalten Nacht . . .«

»Und du? Was machst du hier?«

»Ich bin dir nach, natürlich. Gott sei Dank hab' ich gesehen, wie du aus dem Hotel gelaufen bist, als ob deine Skihosen Feuer gefangen hätten, und . . .«

Er konnte den Satz nicht vollenden. Die Gestalt hatte sich lautlos genähert, auf Skiern. Sie war von einem

Hang, der in der Dunkelheit verschwamm, auf uns zugestoßen. Das Gesicht war durch eine Gummimaske verdeckt, die einen Mephisto darstellte. Er hielt den Skistock hoch und stieß mit der Spitze mit voller Wucht auf John. Der fiel rücklings in den Schnee; auf seiner Brust bildete sich ein dunkler Fleck, der schnell größer wurde.

Wieso ich so schnell reagieren konnte, weiß ich heute noch nicht. Jedenfalls hielt ich Schmidts Revolver in der Hand und richtete ihn auf ihn. »Hände hoch«, befahl ich, »und laß den Skistock fallen oder . . .«

Er war verblüfft. Anscheinend hatte er von meiner Seite keinen Widerstand erwartet, geschweige denn Gefahr. Er zögerte einen Moment, ehe er die Skistockspitze, die, wie sich später herausstellte, scharf abgefeilt war, auf mich richtete.

»Fallenlassen, Dieter, oder du bist ein toter Mann!«

Es gab ihm einen Ruck, als ich ihn beim Namen nannte. Mit der linken Hand streifte er die Gummimaske ab. »Du weißt also . . .«

»Schon lange«, log ich. Tatsächlich war ich im Zauberladen gewesen, als Dieter die Maske gekauft hatte. Was er aber nicht wußte – ich hatte damals Platzpatronen erworben. Mir war es zu gefährlich erschienen, Schmidt seine Waffe zurückzugeben, solange sie scharfe Munition enthielt. Jetzt bedauerte ich es, die Patronen vertauscht zu haben. Aber Dieter konnte das freilich nicht wissen. Er sah mich prüfend an; dabei grinste er vergnügt, wie wenn er einen seiner dummen Streiche geplant hätte.

»Tu' deinen Spielzeugrevolver weg, Vicky«, sagte er. »Sei froh, daß ich gekommen bin. Es ist mir gelungen, den Grabräuber zu erledigen, bevor er seine Hand an das Gold legen konnte. Ich kenne ihn. John Smythe, der gefährlichste Schmuckdieb zwischen Berlin und London . . .«

Er wollte bluffen, zweifellos. Aber er hatte in mir einen

Verdacht geweckt, den ich unterschwellig schon lange gehegt hatte. Wer garantierte mir denn, daß John nicht wirklich auf eigene Faust hinter dem Gold von Troja her war? Vielleicht hätte ich mich wirklich beirren lassen, wenn er nicht eine unvorsichtige Bewegung gemacht hätte. Er knickte nämlich in den Knien ein. Ich verstand nicht gleich, was er vorhatte. Er setzte zum Sprung an. Um auch mir seinen Skistock in den Leib zu stoßen.

Ich hörte Johns Stimme: »Schieß, Vicky!«

Ich sah Dieter auf mich zuspringen.

Ich schoß.

Es gab einen lauten, durchdringenden Knall. Dieter war getroffen, wenn auch nur von Platzpatronen. Ich weiß nicht, warum, aber ich hatte auf sein Gesicht gezielt. Es riß ihn zurück, aber nur einen Moment. Dann wischte er mit dem Ärmel über sein Gesicht. Er lachte. Meine Finte war entlarvt. Außer mir vor Zorn, schleuderte ich die Waffe auf ihn. Er wich nicht einmal aus. Er lachte noch immer. Richtete den Skistock auf mich. Ohne Eile, gemächlich . . .

Ein Geräusch ließ ihn innehalten. Ein leises Sausen, das sich schnell zu einem tosenden Donnern verstärkte. Schnee wirbelte in der Luft.

Hatte der Schuß eine Lawine ausgelöst?

»Wirf dich zu Boden, Vicky!« brüllte John. »Hände ausgestreckt . . .«

Instinktiv folgte ich seiner Aufforderung. Zum Überlegen kam ich nicht mehr. Eine Schneewand. Ich konnte sie nur einen Augenblick lang wahrnehmen, bevor sie mich einhüllte und erfaßte. Eine weiße Masse legte sich auf mein Gesicht, füllte Mund und Nasenlöcher. Es nahm mir den Atem, raubte mir das Bewußtsein. Doch ich kämpfte um mein Leben. Mit den ausgestreckten Armen gelang es mir, lockeren Schnee beiseite zu räumen. Ich bekam Luft . . .

Doch ich war außerstande, mich zu rühren. Wenn ich aufgab, das wußte ich, war ich verloren. Aber der Druck, der auf mir lastete, wurde leichter und verschwand. Eine Gestalt war über mir, schaufelte mit den bloßen Händen den Schnee fort . . .

Wer war es? John oder Dieter? Es mußte John sein, Dieter würde sich kaum die Mühe machen, mich zu befreien. Dann sah ich Johns Gesicht, ganz dicht vor meinem. Wollte er mich küssen? Oder hielt er eine Mund-zu-Mund-Beatmung für angebracht?

»Schon gut. Ich bin o.k. . . .«

»Gott sei Dank!«

»Wo ist Dieter?«

Weit und breit war niemand zu sehen. Hatte ihn die Lawine im Schnee begraben? Ehe wir uns auf die Suche machen konnten, hörte ich wieder ein Geräusch, das mir Angst und Schrecken einjagte. Ein brausendes, lauter werdendes Tosen . . .

»Um Gottes willen! Eine neue Lawine . . .!«

»Keine Angst«, tröstete mich John. »*Ein* loses Schneebrett genügt für heute. Was du hörst, sind Snowmobiles. Schneeräumer. Sie kommen, uns zu retten . . .«

29

Wir bestanden darauf, daß nicht zwei, sondern drei Personen auf dem Friedhof gewesen waren. Aber von einem Dritten war nichts zu sehen. Schließlich fand ich im gleißenden Scheinwerferlicht eine Spur. Eine Skispur, die geradlinig nach unten zeigte. Dieter hatte sich gerettet und war in Schußfahrt ins Tal geflohen.

Wie erwartet, kehrte er nicht ins Hotel zurück. Die

Durchsuchung seines Zimmers brachte nichts Verdächtiges zum Vorschein, nur eine schlafende Frau im Doppelbett. Yvette war keine Komplizin, er hatte sie nicht in seine Pläne eingeweiht, bevor er sie mit einem starken Mittel eingeschläfert hatte und zum Friedhof aufgebrochen war.

Mein Verhör dauerte ziemlich lange. Unterdes war aus München nach mir gefahndet worden, und ein Kriminalinspektor aus Garmisch tat mir die Ehre an, meinetwegen nach Bad Steinbach zu kommen.

Ich erzählte ihm alles, was ich wußte. Ich hatte den Eindruck, daß er mir nicht alles glaubte, und immer wieder schüttelte er skeptisch den Kopf. Daß ich mich auf John als Zeugen berief, erwies sich als Schlag ins Wasser. Man hatte ihn zum Kurarzt von Bad Steinbach gebracht, um die Stichwunde in der Brust zu behandeln. Sie war ziemlich tief, hatte aber kein lebenswichtiges Organ getroffen. John war mit einem dicken Verband entlassen worden; er wollte vom Arzt direkt zur Polizeidienststelle gehen.

Dort war er allerdings nie angekommen. Nicht anders als Dieter Wustrow blieb er spurlos verschwunden.

Es dauerte eine ganze Weile, ehe man Tony und auch mich aus dem Kreis der Verdächtigen ausschloß und schließlich aus dem Gewahrsam entließ. Das war vor allem dem guten Schmidt zuzuschreiben, der auf sein Ansehen als Museumsdirektor pochte und die Rolle des allwissenden Spürhunds glänzend durchspielte.

Sein Moment des Triumphs kam am nächsten Morgen, als beim ersten Tageslicht das Grab von Frau Hoffmann geöffnet und unter der gefrorenen Erde das vergrabene Versteck entdeckt wurde. Mit weit aufgerissenen Augen starrten die Leute auf das Gold von Troja. Ich blieb im Hintergrund, von mir war nicht die Rede. Nun, ich konnte auf die Ehre verzichten, meinen Teil zum Fund beigetragen zu haben.

Schmidt war natürlich davon überzeugt, den Schatz ins ›Gräfe‹ abschleppen zu können; er prahlte bereits, die Gräfenstein-Sammlung würde das berühmteste Museum von München werden. Doch gleich darauf gab es einen Eklat.

Jan Perlmutter tauchte auf, begleitet von zwei Rechtsanwälten aus Garmisch. Das Gold von Troja gehöre rechtmäßig dem Staatsschatz der DDR, es sei bei Kriegsende auf dem späteren Territorium der Deutschen Demokratischen Republik gelagert gewesen. Schmidt fuhr ihm in die Parade; es kam beinahe zu einem Handgemenge. Die Autoritäten von Bad Steinbach sahen sich ratlos einem internationalen Streitfall gegenüber.

Ich war sicher, die Sache würde noch viel Staub aufwirbeln und Kunstsachverständige und Staatsrechtler vieler Staaten beschäftigen. Wie sollte sich da die kleine Vicky Bliss einmischen können? Schmidt würde es sicher gefallen, sich im Scheinwerferlicht der Öffentlichkeit zu bewegen. Meine Sache war das nicht.

Der Abschied von Tony war herzlich, aber kurz. Ich hatte doch noch Gelegenheit, ihm sein Weihnachtsgeschenk, den Pullover mit meinem selbstgeschriebenen Etikett zu übergeben. Verlegen gab er zu, er habe mich auf die Probe stellen wollen. Nun, wie hatte ich auf die Nachricht von seiner Verlobung reagiert? Hatte ich die Probe bestanden oder nicht? In keiner Weise, sagte er, und wollte wissen, welche Rolle der geheimnisvolle John in meinem Leben spiele.

Darauf konnte ich ihm keine konkrete Antwort geben. Ich wüßte es selbst gern.

Clara, die Katze, wartete in meinem Hotelzimmer auf mich und begrüßte mich miauend, mit hoch erhobenem Schwanz. Ich wußte, daß man Katzen nicht adoptieren kann – man wird von ihnen adoptiert. Resigniert verlud ich also Clara mit dem Gepäck in meinem Wagen, den freundliche Bergbewohner freigeschaufelt und ins Tal gebracht hatten. Auf der Fahrt nach München dachte ich gottlob nicht mehr an das Gold von Troja und an die Toten, die während der Suche auf der Strecke geblieben waren.

Ich hatte andere Sorgen.

Wie würden sich Caesar und Clara vertragen? Würde der Dobermann eine Katze im Haushalt akzeptieren? Würde die Katze sich vor dem Hund fürchten oder würde sie versuchen, ihn zu beherrschen?

Mir war klar – ich hatte gewichtige Probleme zu lösen, gegen die mir der Rechtsstreit um das Gold von Troja als Bagatelle erschien.

Es war angenehm, in mein gemütliches Heim zurückzukehren. Die Leiche war längst aus dem Garten geschafft worden. Ich schaltete die Heizung ein. Es würde mindestens eine Stunde dauern, ehe die Räume warm wurden und ich die Pelzjacke ausziehen konnte.

Die Katze schnüffelte in alle Zimmer und alle Ecken. Am nächsten Tag mußte ich Caesar heimholen.

Nach den turbulenten Tagen in Bad Steinbach war es angenehm still im Haus. Würde es so bleiben? Es war Johns Art, unerwartet aufzutauchen . . .

Sollte ich mich darauf freuen?

Wieder einmal hatte er mir das Leben gerettet.

Er war glücklich gewesen, daß ich noch lebte, daß ich atmete. Er hatte mich zärtlich in die Arme genommen und aufgerichtet. Verdammt noch mal – was bedeutete ich ihm wirklich?

Sicher war sein Verschwinden in Bad Steinbach nicht der Schlußstrich gewesen? Würde die nächste Runde ebenso dramatisch verlaufen . . .?

ECON HISTORISCHER KRIMI

Elizabeth Peters
Im Schatten des Todes
Ein Kriminalroman aus
dem 19. Jahrhundert
192 Seiten,TB 25145-7
Lizenzausgabe

Schlimm genug, daß Amelia Peabody allein nach Ägypten reist, aber ihre neue Freundschaft zu der mittellosen und verrufenen Evelyn Barton-Forbes sprengt nun wirklich alle Konventionen der viktorianischen Etikette. Als die lebenslustige Evelyn, die eigentlich nur vor ihrer mißglückten Verlobung fliehen wollte, bald nicht nur von unzähligen Verehrern, sondern auch von einer erstaunlich lebendigen Mumie verfolgt wird, ist ihre unerschrockene Beschützerin und Hobbydetektivin Amelia gefordert ...

»Peters versteht es meisterhaft, eine Liebes- und Abenteuergeschichte mit einer Kriminalgeschichte zu verflechten.«

The Philadelphia Inquirer

»Einfach köstlich!«

Library Journal

HK 2

ECON TASCHENBÜCHER

ECON

ECON KRIMI

Elizabeth Peters
Ein todsicherer Bestseller
TB 25136-8

Die Schriftstellerin Jacqueline Kirby erhält den Auftrag ihres Lebens. Sie soll die Fortsetzung zu einem Bestseller der berühmten Kathleen Darcy schreiben, die vor über sieben Jahren spurlos verschwand.
In Pine Groves, der Heimatstadt Kathleens, gerät Jacqueline immer stärker in den Bann ihrer geheimnisumwitterten Kollegin. Warum sollte sich die attraktive, kluge Frau umgebracht haben? Was hat es mit der mysteriösen Familie Kathleens auf sich? Und warum ist der Leichnam nie aufgetaucht? Jacqueline gelingt es bald, Licht in das dunkle Geheimnis um die totgeglaubte Autorin zu bringen.
Bis ihr merkwürdige Unfälle passieren und sie einen anonymen Drohbrief erhält – mit Kathleens Unterschrift.

»Ein ausgezeichnetes Lesevergnügen.«

Washington Post

ECON TASCHENBÜCHER

ECON